우리의 삶은 하나의 거대한 공空이다.
모든 것은 그곳으로부터 생겨나고
마침내는 그곳으로 돌아간다.

욕망이라는 섬이
사랑의 바다에 둘러싸여 있다면
그것은 종교와 같은 것이다.

삶의 순례

잃어버린 나를 찾아서

삶의 순례

잃어버린 나를 찾아서

초판 인쇄 2026년 5월 20일
초판 발행 2026년 5월 27일

엮은이 이봄비
펴낸이 홍철부
펴낸곳 문지사

등록 제25100-2002-000038호
주소 서울특별시 은평구 갈현로 312
전화 02)386-8451/2
팩스 02)386-8453

ISBN 978-89-8308-620-4 (03810)

값 17,000원

ⓒ2026 moonjisa Inc
Printed in Seoul Korea

삶의 순례

잃어버린 나를 찾아서

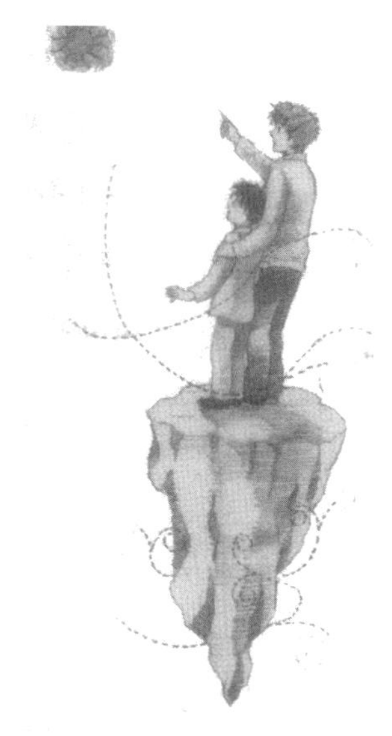

문지사

이 책을 엮으면서

❀ 인생은 한 권의 책 ❀

일찍이 〈파랑새〉를 쓴 벨기에의 시인이며, 극작가인 메테르링크(Maeterlinck)는 우리의 인생을 한 권의 책에 비유했습니다.

'인생은 한 권의 책과 같다.'

그렇다면, 우리는 매일매일 한 페이지씩 자기 삶의 이야기를 써나가야 합니다.

어떤 사람은 잘 쓰지만, 다른 어떤 사람은 잘 못 쓰기도 합니다. 그런가 하면 아름답게 쓰는 이도 있고, 난삽하게 쓰는 이도 있습니다. 빈집 같은 공허한 내용을 쓰는 이도 있고, 밤하늘의 별빛처럼 빛나는 내용을 쓰는 이도 있습니다.

가슴을 적시는 맑은 노래가 담긴 내용을 쓰는 이가 있고, 쓰레기 더미처럼 불결한 내용으로 쓰는 이도 있습니다.

한편, 희망의 노래를 읊는 이도 있고, 절망의 노래를 부르는 이도 있습니다. 고운 글씨로 쓰는 이도 있고, 난잡한 글씨로 베끼듯 쓰는 이도 있습니다.

정성스럽게 자기 인생의 책을 아름답게 기록하는 이도 있고, 무책임하게 자기 인생의 책을 낙서로 꾸미는 이도 있습니다. 푸른 글씨로 쓰는 이도 있고, 회색 글씨로 쓰는 이도 있습니다.

무엇보다도 중요한 것은, 내가 쓴 인생의 책이 세상의 책과 다른 점은 두 번 쓸 수 없다는 것입니다.

세상의 책은 잘못 쓰면 지우고, 다시 쓸 수 있습니다. 마음에 들지 않으면 찢어버리거나 절판하거나 해판解版 시킬 수 있습니다.

그러나 인생의 책은 다시 쓸 수 없습니다. 또 다른 사람이 써줄 수도 없습니다. 잘 쓰건 못 쓰건 자신의 판단과 책임과 노력으로 써나가야 합니다.

오늘의 한 페이지 한 페이지가 쌓이고 쌓여서 일생을 담은 한 권의 책이 됩니다. 그러므로 우리는 하루하루의 일상을 정성껏 써서 기록해야 합니다.

책임과 능력과 지혜를 다해서 그날그날의 이야기를 충실하게 써야 합니다. 저마다 자기 일생의 명저名著를 쓰기에 힘써야 합니다.

그리하면 '잃어버린 나'를 찾을 수 있습니다.

이 작은 책이 여러분의 삶을 다시 시작하게 하는 인생길의 안내자가 되었으면 하는 마음으로 엮어보았습니다.

엮은이 씀

차례

우리의 삶은 하나의 거대한 공空이다.
모든 것은 그곳으로부터 생겨나고
마침내는 그곳으로 돌아간다.

삶

삶이란 아름다움이며 슬픔이자
곧 기쁨이며 혼란함이다.
또 삶이란 니무며, 세며, 물 위에 비친 달빛이기도
하다. 삶이란 일이며, 고통이자 희망이다.
삶이란 죽음이며, 미명을 부인하거나
내세를 믿는 것이다. 삶이란
야망이자, 탐욕이며, 죽음이다.

삶

삶이란

빈 곳을 채워주는 순리이다.

진정한 삶이란

강물의 모습과 같은 것이다.

그것은 끊임없이 변화한다.

잠시도 쉬지 않고 움직인다.

어떤 때, 그것은 여름과도 같다.

한여름의 냇물은 완전히 말라버리기도 한다.

그저 메마른 바닥 밖에 남아 있지 않다.

또 어떤 때는 우기雨期를 맞게 되어

둑이란 둑을 모두 부수고 사방으로 흘러넘쳐

큰 바다를 만들기도 한다.

그러므로 삶을 투쟁으로 보아서는 안 된다.

우리의 삶이란

즐기고 축하하기 위해서 있는 것이다.

삶은 시장의 상품과 같은 것이라기보다는
한 편의 시와 같은 것이다.
하나의 시
하나의 노래
하나의 춤이다.

삶이란
아름다움이며
슬픔이자, 곧 기쁨이다.
삶이란
나무며, 새며
물 위에 비친 달빛이기도 하다.

삶이란
노동이며, 고통이자
희망인 것이다. 사랑이 충족된 것이
바로 삶의 모습이다.

삶이란, 노동이며 고통이자
희망인 것이다. 사랑이 충족된 것이
바로 삶의 모습이다.

삶이란
믿어지지 않는 황홀한 것이며
투명한 마음이자, 사색이다.

삶이란
야망이자, 탐욕이며
곧 죽음이다.

삶이란
그저 이해하는 것
삶을 있는 그대로를 이해하는 것
그리고 삶에 대해 용기를 가지고 사는 것
그것으로부터 숨지 않는 것
그것에 정면으로 도전하는 것
삶이 무엇이든
좋건 나쁘건
성스럽건 마귀 같건
천국이건 지옥이건 간에
그저 이해하면 된다.

나뭇잎 사이로 속삭이며 내리는 아련한 빗소리
안개가 피어오르는 대지의 향기

황혼 무렵에 들려오는 고요한 멜로디
파도에 흔들리는 외로운 돛단배
어둠 속에 반짝거리는 먼 마을의 작은 불빛들
적막에 감싸인 호수에 그림처럼 피어나는
보랏빛 엷은 물안개
깊은 골짜기처럼
텅 빈 도시의 일요일 거리와 같은 불안한 삶의 모습.
시계의 시간은 영원하다.
시계는 일 초 이 초 시간을 아로새겨서
열두 시가 지나면 일 초부터 다시 시작한다.
그러므로 우리가 잃어버리는 것은 시간이 아니고
바로, 우리의 삶이며 인생이다.

삶의 유일한 길이란
누군가
그 체험에 이르고 있는 사람과 함께 사는 것을 말한다.
그저 누군가
그 체험에 이른 사람의 존재 앞에 있는 것뿐이다.
그러면, 뭔가 신비로운 것이, 당신한테로 옮겨질 것이다.
말에 의해서가 아니다.
그것은 에너지의 도약이다.
마치 타오르고 있는 작은 불이

켜져 있는 램프에서 켜지지 않는 램프로 뛰듯이
켜지지 않은 램프를 켜져 있는 램프로 가져간다.
그러면 불이 튄다.
이와 같은 일이 스승과 제자 사이에서도 일어난다.
메시지가 아니라, 에너지의 전달
말이 아니라
삶, 그것의 전달이다.

인간은 미래를 예견하는 창조적 동물이다.
그러나 인간의 예견에는, 언제나 그것을 가리는
삶의 그림자가 있다.
어떤 사람은 그 그림자를 분명히 의식한다.
또 다른 어떤 사람에게는 계급의 변화나
그 변화의 자취를 보고 세월의 흐름을 느낄 때
삶의 그림자는 불안 속에서 몽롱하게 떠오른다.

삶을 선택하지 말라
무선택으로 고요히 흘려보내라
그럴 때 삶은 신성하다.

삶이란 상호 의존이다.
때로는 죄를 짓는 것도 좋다.

죄가 존재하는 것은 나름대로의 목적이 있기 때문이다.
그렇지 않다면, 죄가 존재할 이유가 없다.
노여움도 나타내는 것이 좋다.
노여움이 있는 것은 나름대로의 목적이 있기 때문이다.
그렇지 않다면, 그런 것은 존재할 이유가 없다.
어떠한 것도 목적 없이는 삶 속에 존재하지 않는다.
어찌 그것이 목적 없이 존재할 수 있겠는가.
삶은 카오스[혼돈]가 아니다.
삶은 의미 있는 코스모스[우주]인 것이다.

삶이란 반대 끼리의 긴장감을
반대끼리의 만남을 통하여 존재하는 것이다.

삶이란, 무지개의 시
죽어가는 빛의 힘, 음악처럼 사라지는 행복
성모의 얼굴에 비친 쓰라린 행복이다.

삶의 운명은 상호 의존이다.
그러나 당신은 의존하지 못한다.
당신은 독립하지도 못한다.

양쪽 모두는 극단이다.
꼭, 그 중간
삶이 균형을 잡고 있는 곳
그것이 상호 의존이다.
그러므로 모든 것은 다른 것과 함께 존재한다.
모든 것은 서로 이어져 있다.

당신이 꽃을 아프게 하면
별까지 아프게 하는 것과 같다.
이렇듯 모든 것은 서로 이어져 있다.
결코 삶은 외딴섬처럼 존재할 수 없다.

늘 새로운 세상의 골짜기로부터
삶의 충동이 뭉게뭉게 구름처럼 피어오른다.
황량한 궁핍, 도취된 만족
처형 전의 식탁에 오른 피어린 연기
쾌락의 경련, 끝없는 욕정
살인자의 손, 고리대금업자의 손, 기도하는 자의 손
불안과 열락으로 무리 짓는 인간
후덥지근하게 썩은 것 같은
열띤 냄새를 풍기고
따뜻한 행복이나 거친 정욕을 발산시키며

자기 자신을 삼키고, 다시 토해 내고
전쟁이나 우아한 예술을 잉태하고
번쩍이는 집을 헛된 꿈으로 꾸미고
어린이들의 세상인 양 화려한 목장의 기쁨을 누리며
탐욕하고, 먹어 없애고, 서로 간음하고
늘 새롭게 일어서는 물결 속에서
멀지 않아 차례로 진흙이 되어서 끝내는 사라져 버린다.
하지만, 우리들은 하늘의 별빛에 속으면서
반짝이는 얼음 세상에서 살고 있다.

우리의 삶은 하나의 거대한 공간이다.
모든 것은 그곳으로부터 생겨나고
마침내는 다시 그곳으로 돌아간다.

삶이란
무지개의 시
죽어가는 빛의 힘
음악처럼 사라지는 행복
성모聖母의 얼굴에 비친 고통
존재의 쓰라린 환희……

폭풍우에 쓰러진 꽃
무덤 위에 놓여진 꽃다발
계속되지 않는 맑은 날
어둠 속에서 떨어지는 별
심연 위에 던져진
아름다움과 슬픔의 베일 같은 존재다.

나의 삶은 늘 어둡고
바깥에서는 일상의 별들이 바쁘게 움직이고
모든 것이 무서운 불꽃을 날리고 있는데
당신은 나와 함께 살겠다고 한다.

당신은 숨 가쁜 생활 속에서
하나의 중심을 지킬 줄 알고 있다.
마침내 당신의 사랑은
나를 위한 선한 수호신이 되어 주었다.

당신은 나의 어두운 삶 속에서
깊이 숨어 있는
별의 아름다움을 느끼게 해 준다.
당신의 사랑으로
달콤한 삶의 아름다움을 상기시킨다.

삶이란
그대로 살아가면 되는 것을 말한다.
흐르는 대로 떠 가는 것이 좋다.
어디에 가 닿겠다고 노력할 것도 없다.
목표를 향하여 서두를 필요가 없다.
삶의 순간을 그 전체성에서 즐기면 된다.
그리고 과거나 미래에 방해를 받지 말아야 한다.
그렇게 하면 당신의 내부
영혼의 깊은 곳에서 찬양이 이루어진다.
가장 높은 것과 가장 낮은 것이
당신의 내부에서 만난다.
그때야말로 당신에게는 풍요로움이 찾아올 것이다.
오로지 최고의 것만을 소유하려고 하면
당신은 가난해진다.

삶이란
메마른 대지에 뿌리를 내리는 것과 같다.
삶의 대지에 보다 깊게 뿌리를 박아야 한다.
당신은 '이 삶'에 뿌리를 필요로 한다.
그랬을 때 비로소 '저 삶'이라는 꽃이 핀다.
저 삶은 이 삶에 대립하는 것이 아니다.
저 삶이란, 이 삶에 꽃핀 것 이외의 다른 것이 아니다.

삶의 냇물은 봉우리와 골짜기 사이를 흘러간다.
그리하여 삶이 베푼 노고의 수학을 이해하면
당신은 미움이 사랑에 대립하는 것이 아니라고 생각하게 된다.
그것은 모자람을 보태는 일이다.
그렇게 되면 당신은
휴식이 노동에 대립하는 것이 아니라고 생각하게 된다.
그것은 모자람을 보태는 일이다.
또 밤이 낮에 대립하는 것이 아니라고 생각하게 된다.
그것은 모자람을 보태는 일이다.
그것들은 하나로 합쳐져서 완벽한 삶을 이루게 된다.

삶을 이원 대립으로 보아서는 안 된다.
삶을 투쟁으로 보아서도 안 된다.
절대로 삶은 그런 것이 아니다.

나는 알았다.
삶은 투쟁이 아니라는 사실을,
삶은 하나의 전체이며, 한 덩어리이다.
그리고 모든 것이 그 속으로 끼어든다.
당신은 그저
어떻게 그것들이 끼어드는지를 보기만 하면 된다.
어떻게 끼어든 것을 받아들일 수 있는가?

서로에게 끼어드는 것을 받아들일 수 있는가?
그것은 아름다운 전체이다.

인간은 다양한 것을 추구하고
그릇된 투쟁을 일삼고
놀라운 권력의 기술을 교묘하게 연구하고
그 결과 자신의 야심만 커지므로
더욱 큰 야심을 미친 듯이 추구하지만,
결국 스스로 큰 실패를 준비하는 셈이다.
이것이 모두 허망한 기대와 그릇된 계산에서 생기는
삶의 오산이다.

인생의 길이 햇빛 찬란한 청춘에서부터
노년의 깊은 그늘진 골짜기로 가는 것이
필연적인 삶의 행로라고 한다면.
이것은 분명히 잘못된 판단이다. 그럼에도 불구하고
청춘의 빛이나 노쇠의 그늘이

자신의 내부로 찾아오는 그 암울한 그림자를 보게 될 때
어찌 슬픔을 생각하지 않을 수 있겠는가.

인생이란 사막을 불태우며 방황하고
삶의 무거운 짐으로 허덕인다.
그러나 어디엔가 있다. 거의 잊혀진
찬란한 꽃피는 삶의 뜰이 있었음을.
꿈속의 머나먼 어디엔가
안식의 자리가 기다리고 있음을 알고 있다.
영혼은 다시 고향을 찾고
안식의 밤과 찬란한 내일이 기다리고 있음을.

하루 일에 아주 지쳐버린
나의 절실한 소망은
어린아이들처럼
별이 빛나는 밤을 정답게 맞아들이는 일이다.

손이여, 모든 일을 멈추어라
이마여, 모든 생각을 잊어버려라.
나의 감각은 모두
잠 속에 잠기고 싶어 한다.
영혼은 유유히

자유의 날개로 헤엄치듯 떠들고
마술의 밤 세계에서
천 배의 삶을 살려고 한다.

우리의 삶은 하나의 거대한 공쫀이다
모든 것은 그곳으로부터 생겨나고
마침내는 그곳으로 돌아간다.

삶의 여백

인생은 사람들이 말하는 것처럼,
어둡기만 한 것은 아닙니다.
아침에 내리는 비는
빛나는 오후를 선물합니다.

울퉁불퉁한 회색빛 자갈이 끝없이 깔려 있는 길가에 한낮의 태양이 강렬한 열기를 더하며 내리쬐고 있었습니다.

하지만 길을 따라 늘어선 망고나무의 푸르른 그늘이 강물처럼 이어져 있어, 나그네의 발걸음을 한결 가볍게 해주었습니다.

어느 작은 마을로부터 떠나온 사람들은 등짐을 지고 있거나 머리에 커다란 바구니를 이고 있었는데, 그 안에는 도시 사람들을 위한 약간의 곡물이나 과일, 채소가 들어 있었습니다.

그 행상의 대부분이 여인들이었으나 신발이 성가시다는 듯이 맨발로 열기에 달아 있는 자갈길을, 아주 편한 걸음걸이로 걸어가고 있었습니다.

서로들 웃음과 잡담으로 이야기꽃을 피우다가 웃음을 터뜨릴 때는, 검게 그을린 그녀들의 얼굴이 은빛으로 환히 드러나 보이기도 했습니다.

또 그들 중에는 서로의 가슴을 장밋빛으로 꽃 피우고 싶은 젊은

연인들도 끼어 있어 보는 사람들로 하여금 부러움과 선망의 대상이 되기도 하였습니다.

때때로 여인들은 길가에 짐을 내려놓고 잔잔한 그늘을 드리운 망고나무 아래에서 잠시 쉬기도 하였습니다. 그러나 얼마 지나지 않아서 갈 길이 급하다는 듯, 다시 머리에 짐을 이고는 발걸음을 재촉했습니다.

그들 가운데 맨 나중에까지 남은 여인은 거의 땅에 무릎을 꿇고서 바구니를 힘겹게 머리에 이었습니다. 하지만, 그 여인도 멀어져 가는 사람을 따라 황급히 달려갔습니다.

그 뒤로 작열하는 태양과 회색의 자갈길이 고요 속으로 끝없이 뻗어 있을 뿐, 아무런 변화도 일어나지 않았습니다.

이러한 삶의 움직임에는 오랜 동안 그녀들의 일상생활 속에 깃들어 있는 특별한 자비로운 분위기가 항상 함께하고 있음을, 우리는 관심을 갖고 유의하지 않으면 안 됩니다.

그러한 움직임은 그녀들에게 선택의 여지가 있어서 스스로 택하게 되었던 마음이, 절대로 아니라는 사실을 염두에 둘 필요가 있습니다.

사실, 삶의 움직임이란 순수한 필요에 따른 것이라는 일반적인 개념이 있습니다.

그렇다면, 우리는 그러한 움직임에 자신을 몰입시켜, 삶이란 무엇인가 하는 문제에 부딪혀 보기로 합시다.

여인들 중에는 아무리 나이가 많아 보았자, 열다섯 살도 채 안 되어 보이는 한 소녀가 일행이 되어 걸음을 재촉하고 있었습니다.

그 소녀 역시 머리에 바구니를 이고 있었는데, 다른 여인들보다도 훨씬 작은 몸집임에도 불구하고 바구니는, 그녀들과 똑같았습니다.

그러나 소녀의 얼굴에는 짜증스러움이나 고통의 억눌린 표정은 없었고, 오히려 즐거워 보이는 삶의 밝음이, 그녀를 더욱 신선하게 만들었습니다.

가득 웃음 띤 얼굴로 주위를 신기하다는 듯 살펴보면서, 아주 여유로운 모습으로 걸어가고 있었습니다.

다른 여인들처럼 길을 재촉하면서 앞쪽만 보고 걸어가는 것이 아니라, 낮게 떠 있는 구름을 바라보기도 하고, 해안처럼 빛나는 망고나무 잎사귀에 눈길을 보내다가, 다른 일행과 시선이라도 마주치면 정다운 미소를 보내는 것이었습니다.

고통 속에서도 찾을 수 있는 미소, 그것이 바로 우리 삶의 진실한 분위기입니다.

그 소녀도 다른 여인들처럼 맨발이었습니다. 그녀 역시 나그넷길을 걸어가는, 멀고 먼 인생의 길을 여행하고 있는 우리의 동반자임이 틀림없습니다.

그때 젊은 청년이 내 곁으로 다가왔습니다. 그는 같은 나이 또래의 두 동료를 대동하고 있었습니다.

그 청년의 모습은 다소 신경질적인 용모를 갖고 있었고, 넓은 이마에 용기를 잃은 듯한 몸가짐은 뭔가 큰 역경에 놓여 있는 것을 증명하고도 남았습니다.

끊임없이 반복하고 있는 청년의 불안정한 손놀림, 그것은 바로 패자의 모습 그대로였습니다.

청년은 매일 똑같은 일이 반복되는 사무직에 종사하고 있는 사람으로서 장래가 밝지 못하며, 적은 급료도 제대로 받지 못한다고 현재의 불행한 자신의 처지를 말해 주었습니다.

또 좋은 성적으로 대학 시험을 거쳐 피나는 노력 끝에 학교생활을 마치고 나서도 직업을 구하는데, 큰 어려움을 겪었다고 말했습니다.

이렇듯 고생 속에서 얻은 직장은 자기가 전공한 분야와는 전혀 다른 직업이었으나, 난생처음 자신의 힘으로 독립된 생활을 할 수 있다는데, 이 세상의 모든 것을 얻은 것만큼이나 큰 기쁨을 느꼈다는 것이었습니다.

그러나 곧 직업에 싫증을 느끼게 되었고, 이제는 자신감마저 잃게 되었다는 것입니다.

결혼은 아직 염두에 두지도 못하고 앞으로 배우자를 선택할 수 있을지조차 의문이라는 것이었습니다. 왜냐하면 적은 급료로는 자기 혼자의 생활도 벅찬데, 부양가족을 거느린다는 것은 스스로 고통의 짐을 지는 거와 같다는 것이 젊은이의 말이었습니다.

그렇지만, 그 청년은 적은 수입이었음에도 만족하였고, 그와 그의 어머니는 그 돈으로 꼭 필요한 것만을 지출하며 어려운 생활이나마 꾸려 갈 수 있다고, 지금의 처지를 말해 주었습니다.

젊은이는 그러한 어려움과 자신의 나약함을, 또 그런 이유가 아니었다면, 지금 이곳을 찾아오지 않았을 것이라고 부연하여 설명하면서 그가 찾아온 까닭은, 전혀 다른 데 있다고 자기의 입장을 밝히는 것이었습니다.

그와 함께 동행하고 있는 다른 젊은이들도 똑같은 문제를 갖고 있었기 때문에, 그는 두 동료에게 나를 찾아 나설 것을 설득했던 모양입니다.

그 젊은이들도 대학을 다녔으며, 낮은 사무직에 종사하고 있는 동료 사이였습니다.

젊은이들의 옷차림은 비교적 깨끗했고, 사뭇 심각한 표정을 띠면서도 간간이 드러나 보이는 젊은이다운 심성이 밝은 눈동자 속에서 빛을 발하고 있었습니다.

그것은 이들이 아직까지 삶의 희망을 갈구하고 있다는 강렬한 욕망과 지성의 빛인 것입니다.

"저희들은 선생님께 아주 단순한 질문으로 명료한 해답을 듣고자, 이렇게 찾아뵙게 된 것입니다. 또 저희들은 나름대로 대학 교육을 받았는데도, 깊은 사고력이나 폭 넓은 사상을 지니지 못하고 있습니다.

하지만 선생님께서 들려주시는 말씀은, 어느 정도 이해할 수 있다고 자부합니다. 우선 원초적인 문제부터 질문해 보고 싶습니다. 부디 좋은 말씀으로 저희들의 앞길을 열어주시기 바랍니다."

"내 이야기가 젊은이들의 인생에 도움이 될 수 있으리라고 믿고 계십니까? 그럼 무엇이 그토록 젊은이들에게 고통을 주고 있는가 들어봅시다. 자, 그럼, 말해 보시오."

"선생님! 저희들은 인간의 삶에 대해서, 어느 것도 제대로 알고 있지 못합니다. 그래서 저희들은 많은 것을 배우기 위해 정당의 모임이랄지, 자선 모임에 참석하거나 노사 협회에도 기꺼이 참여하여 제도상의 모순과 그 개선책에 대해 나름대로의 노력도 해봅니다. 그래서 저희들은 자주 모임을 같이 하는 편입니다.

그런 가운데, 우리 세 사람은 감상적일 만큼 음악을 좋아한다는 공통점을 발견하게 되었지요. 그 후로는 함께 고적과 사원을 찾아 다니기도 했으며, 좋은 내용의 책을 세 사람이 똑같이 읽고는 독후감을 서로 비교 토론해 보기도 했습니다.

그러나 결론은 항상 미지수였고 안개 같은 불분명함이, 우리의 욕구를 끝없이 방황하게 만들었습니다. 그래서 감히 선생님께 저희들 자신에 대한 삶의 안내를 말씀드려 볼까, 용기를 내어 이렇게 찾아뵌 것입니다.

지금 드리고 싶은 질문은 저희들 세 사람의 오랜 숙제이며 공동 의제이기도 합니다. 선생님, 삶에는 분명 목적이 있을 것인데, 그 목적을 어떻게 발견할 수 있겠는가 하는 것이, 저희들의 고민이며 문제점이기도 합니다."

"여러분은 무슨 이유에서 똑같은 질문을 하고 있습니까? 만일 어떤 사람이 여러분들에게 삶의 목적이 바로, 이런 것이라고 일러 주면, 여러분은 그 말을 그대로 받아들여 인생의 길잡이로 삼을 수 있다고 생각하고 계십니까?”

“저희들이 이런 질문을 드리는 이유는, 우리들의 힘으로는 해결할 수 없는 불안감과 혼돈 가운데 처해 있기 때문입니다. 그리하여 우리는 늘 불안 속에서 방황하며 삶의 용기마저 잃고 있습니다. 이러한 혼돈의 비극을 극복하지 못하는 한 우리는, 자신의 인생을 개척할 수 없다는 데 의견을 같이했던 것입니다.

그래서 저희들은 우리들처럼 혼란스럽지 않은, 누군가와 함께 이 문제를 의논하고 싶었던 것입니다. 자만심과 권위를 내세우는 사람이 아닌 누군가와 함께 말입니다.

분명 밝은 거울처럼 우리들 자신의 모습을 보여줄 수 있는, 누군가가 있을 것이라고 확신하고 있습니다. 알고 있음에도 그것을 제대로 알지 못하고 있는, 우리들과 같은 무지한 사람들에게 질책을 하지 않는 분이 계실 것이라고 확신하고 있습니다.”

또 다른 젊은이가 말을 이었습니다.

“선생님! 선생님을 찾아뵙게 된 것은, 그런 이유에서만도 아닙니다. 하나의 열매가 완성되는, 삶에 이르러보고 싶다는 강렬한 욕망에서, 다시 말해서 의미가 있는 삶에 이르러보고자 찾아뵙게 된 것입니다.

하지만, 저희들은 그러한 자기완성의 길을 찾기 위해서, 어떤 ‘주의자(ist)’, 또는 ‘주의(ism)’에 소속되어 편견을 갖고 있는 것도 아닙니다. 저희들 친구 중에는 많은 부류의 종교적 단체나 언행이 일치하지 않은 정치적인 모임에 소속된 사람들도 있습니다만, 저희들은 그런 모임에 참가하여 소속될 의사는 전혀 없습니다.

정치를 하는 사람들이란 일반적으로 국가라는 이름 아래 자신들의 명예와 권력을 추구하는 사람들이었습니다. 그와 마찬가지로 종교적 신앙을 갖고 있다는 종교인 대다수가, 오히려 자신을 속이고 신을 매도하는 사람들이라는 사실을 알고는 분노마저 느끼지 않을 수 없었습니다.

어찌 우리가 그러한 그들을 찾아 인생에 대한 삶의 문제를 논의할 수 있겠습니까? 그리하여 저희들은 선생님이 계신 곳을 선택하게 된 것입니다. 사실 전 선생님께서, 저희들을 도와주실 수 있을지 의문을 갖고 있는 것도 솔직한 마음입니다."

"만약 여러분들에게 삶의 목적이 무엇이라고 말해 주는 이를 따르라고 한다면, 여러분은 그 점을 깊이 생각해서 다소간의 불만족스러운 것이 있다고 하더라도 받아드릴 수 있겠습니까?"

"전 그럴 수 있다고 확신합니다."

첫 번째 청년의 말이었습니다.

"하지만, 그것이 진실임을 확신하도록, 어떤 현명한 발명품과 같은 뚜렷한 실증을 주지 못할 것 아니겠습니까?"

그들 가운데 한 사람이 말했습니다.

"선생님! 저희들은 과연, 그러한 식별력이 있는지조차 스스로 의심하고 있습니다."

"그것이 바로 전체적인 요점이 되지 않을까요? 이미 여러분은 자신들이 혼돈의 비극 가운데 처해 있다고 인정하지 않았습니까?

그렇다면 여러분은 그런 혼돈 속에서 방황하고 있는 마음으로 삶의 목적이, 어떤 것인가를 찾아낼 수 있다고 생각하고 계시는지요?”

“선생님! 저희들 모두가 혼돈 속에서 삶의 길을 찾고자 하는 마음은 당연한 이치가 아니겠습니까? 만일 우리의 혼돈된 마음으로 하여 삶의 목적을 인식할 수 없다면, 희망이란 전혀 없는 것이 아닐까요?”

“아무리 그 점을 열심히 추구하고, 또 어떤 식으로 방도를 모색한다고 할지라도 혼란스러운 마음이란, 더욱더 혼돈 속에서 방황하게 된다는 사실을 생각해 보신 적은 없습니까?”

“전 선생님의 의견과는 좀 다른 생각을 갖고 있는데요.”

“지금 우리는 어떤 한 점에 도달하기 위해서 애쓰고 있는 것은 아닙니다. 한 가지 분명한 사실은 삶에의 길을 한 걸음씩 한 걸음씩 내딛고 있다는 것입니다. 여기서 중요한 점은 우리가 아무리 혼돈 속에 놓여 있다고 하더라도 분명하게 사물을 판단할 수 있는지, 어떤지를 구별하는 능력에 문제가 있습니다.”

“선생님! 그럴 수 없음은 자명한 일이 아니겠습니까? 제가 혼란 속에 처해 있다면, 실제로도 그렇지만 전 이런 마음가짐으로는, 그 어느 것도 분명하게 사고할 수 없다고 느끼고 있습니다. 또 분명하게 사고 한다는 것은 바로 혼돈의 부재를 말하는 것이 아닐까요? 그러므로 제가 혼돈 속에 처해 있다면, 제 생각 역시 분명하지 못하다는 이유가 성립될 것입니다. 그 다음엔 또 무엇이 있겠습니까?”

“혼란된 마음이 찾고 구하는 것이란, 그 마음도 방황하고 있다는 사실을 뜻하는 것이겠지요. 그러한 지도자, 종교인이 말하는 삶의 목적이란, 그 자체의 혼란을 그대로 반영하고 있다고 보아도 틀림 없습니다.”

“그 말씀은 좀 이해하기가 힘든데요.”

“이해하기 힘들다는 것은 우리들의 이기적인 자만 때문입니다. 우리는 늘 자신도 모르게 자기가 아주 현명하다고 생각하고 있으므로 해서, 모든 문제들을 해결할 수 있는 능력이 있다고 과대평가하고 있는 점만은 인정하셔야 합니다.

그러하기 때문에 우리들 대부분은 자신이 혼돈 속에 처해 있다는 사실조차 인정하기를 피하고 있지요. 그러므로 자신이 해결할 수 없는 극한 상태를 넘어 실패해 버리는 경우가 있습니다. 그러나 그것은 매우 주관적이어서 그와 같은 극한 상태 속에서도, 아주 현명하고 겸손하게 실패를 받아들이고 해결의 실마리를 다시 찾을 때, 비로소 인간의 능력과 가치가 발휘되는 것이지요.

한편, 실망과 실패 뒤엔 반드시 고통과 비난, 괴상한 철학이 따르게 마련입니다. 그러나 진정한 겸손이 있다면, 우리는 자신을 되찾게 되고, 비로소 삶의 목적을 이해하게 되어, 또다시 새로운 삶의 길을 선택하게 될 것입니다.”

“선생님! 이제서야 선생님께서 말씀하고자 하시는 뜻을 이해할 수 있을 것 같습니다.”

“그러한 선택도 한편으로는 혼란됨을 나타내는 것이 아닐까요?”

“어떻게 그럴 수 있는지 잘 이해가 되지 않습니다. 우리에게는 선택할 권리가 있습니다. 선택하지 않고서는 자유란 아무 의미도 줄 수 없는 것이 아니겠습니까?"

"언제 어떻게 선택해야 한다고 생각하고 계십니까? 그것은 자신이 확고하지 못할 때, 혼란스러운 가운데서 해방되려고 할 때뿐입니다. 모든 것이 자명할 때는 선택이란 아무 의미도 가치도 없습니다. 이해하시겠습니까?"

"선생님! 사랑하는 사람이 있는 경우라면, 그 상대와 결혼을 하고 싶다는 것은 당연한 이치가 아니겠습니까? 여자를 찾아 헤메인다는 것은 사랑이 없기 때문이겠지요. 이런 점에서 보면 사랑이 있음으로 해서 여자를 찾는다는 것은 자명한 일이 아니겠습니까?"

"그것은 사랑의 진실과 거짓에 또 다른 문제가 있음을 유의하지 않으면 안 됩니다. 만일 사랑을 두려움이나 질투에서 그 한계성을 논한다면, 그것은 진실한 사랑이 아닙니다.

그러므로 사랑이 없는 곳에는 어떤 밝음도 존재할 수 없습니다. 하지만, 지금 우리는 사랑에 관해 이야기하고 있지 않습니다. 우리의 마음이 깊은 혼돈 속에 처해 있으므로 해서, 예를 들면 상처받은 마음이 삶의 목적을 찾고 있지 않다면, 아무런 의미도 지니고 있지 않다는 이야기를 하고 있는 중입니다."

"목적에 대한 선택이라니요?"

"여러분 모두가 처음 이곳으로 나를 찾아오셨을 때, 삶의 목적이 무엇인가를 물으시고자 했고, 아울러 여러분은 자신의 목적이나 그 어떤 삶의 장점, 또는 삶의 목적을 이룰 수 있는 필요를 찾아,

지금까지 방황했다고 말씀하시지 않았습니까?

또 기회가 있을 때마다, 다른 이들에게도 나에게 물었던 내용과 같은 질문을 했을 터이고, 그러나 그 답변이 당신들에게 만족감을 주지 못해서, 이곳을 찾아온 것이 아닐까요? 그것을 지금 여러분은 선택하고 계신 것입니다.

다시 말하자면, 그것은 이미 혼란에서 벗어난 행위인 것입니다. 혼란스러움 가운데 처해 있으므로 해서, 여러분은 확실한 목표를 원하고 있는 것이지요. 마음이 혼란에 빠져 방황하고 있을 때만이 확실한 것을 찾게 된다는 말입니다. 그러므로 확실성이라고 하는 것은 내적인 혼란에 그 혼란함을 더욱 강조할 따름이지요."

"분명 그렇습니다. 선생님의 말씀을 듣고서 복잡한 문제는 더욱 어지러운 해답을 찾게 된다는 점을 깨닫게 되었습니다. 그럼, 무엇을 어떻게 해야겠습니까."

"그렇다면 함께 좀 더 깊은 관심을 갖고 삶의 문제를 풀어보기로 합시다. 지금 우리의 마음이 혼란스러운 것은 분명한 사실입니다. 그러한 혼란이 계속되면, 우리의 마음은 천박하게 되고 조잡스러워져서, 모든 것으로부터 제한을 받게 됩니다. 그와 같은 제한은 마침내 새로운 문제를 야기시키는 발화점이 되는 것이지요."

"하지만 우리들에게 전체적으로 조잡한 점만 있는 것은 아니잖습니까? 그렇지 않은 부분도 있습니다. 만일 우리 스스로가 이런 천박성을 극복할 수만 있다면, 보다 나은 미래 지향적인 삶이 있을 것이라고 생각되어지는데요."

"말씀하신 그 점은 자신이 만들어 놓은 희망이 아닐까요? 그렇지 않으면 실제 그렇다는 말씀인가요? 여러분은 자신이 가지고 있는 관념에 대아(大我 : 우주의 본체로서 참된 나)라는 것, 즉 영혼 또는 어떤 정신적인 근본체가 있어, 그런 실체가 마음의 조잡성을 초월할 수 있다고 하는 생각이 뿌리 깊게 자라 온 것을 부인하지 못할 것입니다.

사사로운 마음이 스스로 잡다하지 않다고 생각하고 있으면, 이는 더더욱 그 마음의 잡다함을 강화할 따름입니다.

인간이 대자아적인 존재, 그러면서 고귀한 존재라고 확신하고 있으면 혼란스럽고 무지한 마음이 끊임없이 반복되어, 결국 혼란한 마음의 사상이라고 하는 대부분 전통과, 다른 사람들로부터 가르침을 받아온 것에 바탕을 두고 있다는 사실을 깨달을 수 있습니다."

"그렇다면 우린 무엇을, 어떻게 해야 할까요?"

"그런 물음은 좀 성급한 질문이라고 생각되지 않습니까? 때때로 우리는 몇 마디의 대화보다는 특별한 행동이 필요하다는 점을 잊어서는 안 됩니다. 그 문제에 있어서 모든 것을 함께 이해하려는 과정에는, 전혀 다른 종류의 행동이 있을지도 모른다는 뜻이지요."

"선생님께선 우리의 행동 통일이 똑같이 이해하려는 것과 같다는 말씀이지요? 그렇다면, 삶이란 하나의 통일된 사고로 정리해 볼 수 있는 것이 아니겠습니까?"

"삶이란 아름다움이며 슬픔이자, 곧 기쁨이며 혼란함입니다. 또 삶이란 나무며, 새며, 물 위에 비친 달빛이기도 합니다. 삶이란 일이며 고통이자 희망인 것입니다.

삶이란 죽음이며, 미명을 부인하거나 내세를 믿는 것이기도 합니다. 삶이 바로 선이며, 마음이며 시기인 것입니다. 삶이란 야망이자 탐욕이며, 사랑이자, 그것이 충족된 것이 바로 삶의 모습입니다.

삶이란 창조력이 있는 것이어서 기계를 이용하는 능력을 생산하기도 합니다. 삶이란 믿어지지 않는 황홀한 것이며, 투명한 마음이자 사색이고, 고요한 명상을 하는 일입니다. 이렇듯 삶이란 모든 것을 의미합니다.

그렇지만 사사로운 마음과 혼란스러운 마음을 가지고, 어떻게 삶의 참다운 모습을 볼 수 있겠습니까? 바로 이 점이 중요한 것이지, 삶이 무엇인가를 설명하는 것이 중요한 문제는 아닙니다.

우리의 모든 질문과 그 대답은, 바로 이런 삶에 관한 접근에 달려 있다는 점을 명심하시기 바랍니다."

"저는 삶이라고 일컫는 이 같은 혼란함은 마음이 낳은 결과임을 알고 있습니다. 그렇다면 선생님의 말씀과 같이 자신과 삶을 분리시킨 다음, 어떻게 또 다른 새로운 삶에 접근할 수 있겠습니까?"

"당신은 자신도 모르게 지금까지 삶을 분리시켜 왔던 것입니다. 내 말을 인정하시겠습니까? 당신은 겉으로 말은 하지 않으나 속마음으로는 이렇게 대답할 것입니다.

'내 모든 것이 바로 삶이다'라고 말입니다.

난 이런 점을 바꾸려고 하며, 또 그 개념을 개선하고자 합니다. 때때로 당신은 본의 아니게 거짓말을 하고, 자신을 어떤 고정 관념

속에 스스로 포박해 버리기도 합니다.

그러나 어떤 때는 현명한 관찰자로서 주위를 살피는 존재로서, 항상 움직이고 있는 실체로 방대한 움직임을 주관하고 있는 영원한 중심체이기도 합니다.

그런 까닭에 당신들은 슬픔과 고통에 사로잡혀 있는 것입니다. 자, 그렇다면, 또 어떠한 방법과 지혜로 이와 같은 방대함을 다스리려 합니까? 하늘과 땅의 모든 아름다움까지 말입니다."

"전 제자신의 있는 그대로의 모습으로 이 세상에 온 것입니다. 때로는 이런 잡스러움과 부질없는 질문까지 하면서 말입니다."

"한 가지 분명한 사실은 우리가 구하는 것을 스스로 받는다는 사실입니다. 우리의 삶이란, 당신의 말처럼 조잡스럽고 야비하며, 천하며 일상적인 일에 매달려 있습니다.

또 하잘것없는 신들로 하여 불안한 마음을, 더욱 절망의 골짜기로 몰아넣고 우둔하고 바보처럼 만들어 버렸습니다. 화려한 궁전에서 살건, 가난한 마을에서 살건, 보잘것없는 말단 사원으로써 일생을 마치건, 막강한 권력의 자리에 앉아 있건 간에, 우리의 마음은 조잡스럽고 편협되어 있으며, 야심에 차 있고 시기심으로 가득 차 있는 것은 사실입니다.

그리하여 마침내는 하느님이 계신가를, 완전한 정체가 있는가를 찾고자 하며, 수없는 의혹의 꼬리에 꼬리를 문 행렬에 끼어 맞는 해답을 찾고자, 우리는 방황하고 있는 것입니다."

"그렇습니다. 그것이 바로 우리의 삶의 모습입니다. 그렇다면 선생님 어찌하면 좋겠습니까?"

"우리의 존재, 그 모든 것을 조금씩 조금씩 창조적인 방향으로 이끌어 갈 것이 아니라 전폭적으로 소멸시켜 버리십시오. 높은 이상을 갖고서 고통과 투쟁을 하며 피나는 노력을 하고 있는 잡다한 우리의 삶, 스스로 덕목을 길러서 영원히 자신을 개선해 보려는 우리의 삶까지 말입니다. 덕스러운 존재이고자 하는 것을 멈추게 하는 것이, 바로 덕德입니다."

"이제는 지나간 과거를 왜 청산시키지 않으면 안 되는가를 비로소 깨닫게 되었습니다. 하지만, 지나간 과거 속에 그대로 묻혀 주는다면, 그땐 무엇이 남아 있겠습니까?"

"당신은 지금 지나간 과거에 대해 포기한 것들에 대체물을 보장받을 때만이, 그 과거 속에 죽어질 수 있다고 생각하는 것이 아닐까요? 그것은 포기가 아닙니다. 단지 또 다른 것을 구하고 있을 따름입니다. 우리가 간과해서 안 될 것은, 당신이 알지 못하는 것을 위해서 알고 있는, 모든 것을 완전하게 소멸시켜야 된다는 사실입니다."

"저의 모자란 생각이 그런 질문을 드리게 했습니다. 선생님의 말씀을 듣고 이제 많은 것을 깨달았습니다. 삶을 위한 행동이, 어떤 겸양이나 말뿐만이어서는 안 된다는 점과 함께 말입니다.

저희들은 선생님을 뵙고 삶에 관한 모든 진리를 아주 심오하게 접할 수 있는 좋은 기회였다고 말씀드리고 싶습니다. 이와 같은 느낌은 앞으로 저희들이 삶을 영위하는 데 커다란 힘이 될 것이라고 확신합니다.

　이런 느낌을 새로운 삶의 용기로 승화시켜 행동을 할 수 있으며, 또 올바른 자세를 취할 수 있다고 자부합니다. 선생님! 다음 기회에 찾아뵈어도 좋겠습니까?”

　“물론입니다.”

실존

당신은 별것이 아니다.
당신은 별것이 아니게 태어났다.
아무런 이름도 없고, 아무런 모양도 없이
당신은 별것 아닌 사람으로서 죽을 것이다.
이름이나 모양은 그저 표면에 자리 잡고 있다는 데
지나지 않는다. 깊은 내면에 있어서의 당신은
광대한 공간일 뿐이다.

실존

실존實存은 가르칠 수 없다.
잠시 비칠 정도이다.
자기의 있는 모습이 그대로의 삶이어야 한다.
어떻게 사랑이 미움 없이 존재할 수 있겠는가.
어떻게 자애가 노여움 없이 존재할 수 있겠는가.
어떻게 삶이 죽음 없이 존재할 수 있겠는가.
어떻게 행복이 불행 없이 존재할 수 있겠는가.
어떻게 지옥 없이 천국이 가능하기를 바라겠는가.
그 둘은 서로 채워 주는 힘이다.
그 둘은 함께 존재한다.
사실 그것들은 동전의 앞과 뒷면에 지나지 않다.
그 둘 사이에서 조화를 이루어 내는 것이
바로 실존이다.

실존이란
있음과 없음

어려움과 쉬움
길음과 짧음
높음과 낮음이다.

장미 덩굴이 있는 곳으로 가서
꽃과 가시를 살펴보아라.
그 가시는 꽃과 대립된 것이 아니다.
그것은 꽃을 지켜줄 뿐이다.
그것은 꽃 둘레의 파수꾼이다.
이렇듯 실존은 하나의 모습이다.

정말로 아름다운 사람의 내부에는
참으로 아름다운 사람의 내부에는
어떤 것 하나 거절되는 일이 없다.
거절이라는 것은 존재에 거슬리는 일이기 때문이다.
그러므로 모든 것을 흡수하지 않으면 안 된다.
그것이 바로 실존이다.

우리가 마음을 비우는 것은
자신을 풍부하게 하기 위해서다.
만약, 우리가 마음을 비우지 않고 가슴 속에 항상
'내가' '내 것이' 하는 자기만이 존재한다면

어떻게 밖으로부터 남의
가르침이나 친구의 충고를 받아들일 수 있겠는가.
밥그릇이든 술잔이든 속이 비어 있으니까
밥도 담고 술도 따를 수 있는 것이다.

사람들은 흐르는 물에 자신의 모습을 비추지 않고
멈추어 있는 물에 비추어 본다.
흐르는 물은 흔들리므로 제대로 비치지 않는다.
멈춰 있는 물, 흔들리지 않는
비어 있는 물에만 모습이 제대로 비친다는 뜻이다.
즉, 이 말은 마음을 비웠을 때에만
우리들이 자신의 바른 모습을 볼 수 있기 때문이다.

거울은 무슨 까닭으로 사물의 모습을 비칠 수 있는가.
거울은 모양도 색깔도 없기 때문이다.
형태도 없고 빛깔도 없기 때문에,
비로소 세상의 모든 사물의 모습이
거울 속에 올바르게 비춰진다는 것이다.
그러므로 마음을 비우면
세상의 모습을 제대로 마음에 비출 수 있다.
이렇듯 세상 모든 모습을 제대로 마음에 비출 수 있으면,
그때만이 우리가 세상을 올바르게 판단할 수 있다.

나는 누구인가?
자기라는 것은 허구의 개념
하나의 생각. 머릿속의 작은 거품에 불과하다.

하늘에 닿기를 바라는 나무는
땅속 가장 깊은 데까지 가지 않으면 안 된다.
그 뿌리는 깊게
바로 지옥에까지 닿지 않으면 안 된다.
그래야 비로소 그 나뭇가지가
그 봉우리가 천국에 닿게 되는 것이다.

사람들의 마음은 늘 예사롭지 않은 것을 쫓고 있다.
그것이 자아의 본성이다.
언제나 예사롭지 않은 '잘난 사람(Somebody)'이 되려고 한다.
'별것 아닌 사람(nobody)'이 되기를 두려워하고 있다.
언제나 공백을 두려워한다.
손에 잡히는 대로 무엇으로든
자기 내부의 공허감을 메우려고 한다.

사람들은 예사롭지 않은 것만을 쫓으려고 한다.

이것이 비극의 근본이다.
그것은 무리한 일이고 어려운 문제다.
왜냐하면, 별것 아님이 당신의 본성이기 때문이다.
비 실존이야말로
당신이 그것에 의해 만들어져 있는 재로인 것이다.
그러므로 아무리 발버둥 쳐 보아야
절대로 성공할 가능성은 없다.
알렉산더 대왕과 같은 사람조차도 이루지 못했다.
이렇듯, 당신은 잘난 사람이 될 수가 없는 것이다.
왜냐하면, 사물의 성질로 해서
그것은 불가능한 일이기 때문에
당신은 별것 아닌 사람밖에 될 수 없다.

나는 누구인가?
자기라는 것은 허구의 개념
하나의 생각, 머릿속의 작은 거품에 불과하다.
비눗방울이다. 그 이상 아무것도 아니다.
나란 존재는, 이미 당신이 구하고 있는
바로 그것이다.

당신은 별것이 아니다.
당신은 별것이 아니게 태어났다.

아무런 이름도 없고
아무런 모양도 없이
마침내 당신은 별것 아닌 사람으로 죽을 것이다.
이름이나 모양은 그저 표면에 지나지 않다.
깊은 내면에 있어서의, 당신은 그저 광대한 공간일 뿐이다.

인간은 그 한계에 절망하면서
우주적인 현실과 시간을 초월한
영원을 생각하게 된다.
그래서 아무리 오만한 사람일지라도
지표에 눈을 들어 광대무변한 하늘에
찬란하게 빛나는 별들을 바라보는 순간
거대한 자연의 신비 앞에
고개를 숙이게 되고 이 우주 한가운데서
자신의 존재가 얼마나 보잘것없는가를 느끼게 된다.

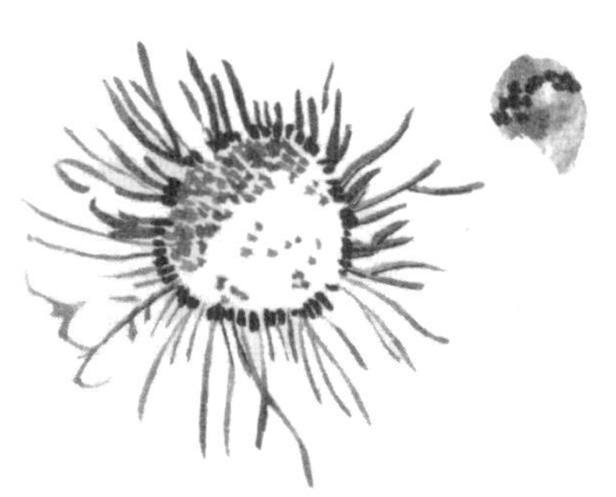

당신은 별것이 아니다.
당신은 별것이 아니게 태어났다.
깊은 내면에 있어서의 당신은
그저 광대한 공간일 뿐이다.

당신들은 자신의 내부에
어떻게 다가가야 할지를 모르고 있다.
그리고 당신들은 이상한 방향으로 달리고 있다.
당신들은 그것이 있지도 않은
전혀 다른 곳을 찾는다.
당신들은 그것을 바깥에서 찾는다.
그러나 그것은 우리의 내부에 있다.
당신은 그것을 먼 저쪽에서 찾는다.
그러나 그것은 바로 곁에 있다.
당신은 그것을 먼 별에서 찾는다.
실존은 당신의 바로 앞에 있다.

실존은 야생이며 숲이다.
아무런 법칙도 없고, 어떤 계획도 없다.
무계획
야생
그것이 실존의 신비이며 아름다움이다.

임제臨濟라는 사람이 그의 스승을 뵙고
울부짖으며 눈물을 흘리면서
나는 어떻게 해야 부처가 될 수 있느냐고 물었다.
그러자 스승은 힘껏, 그의 얼굴을 후려쳤다.

아프게 뺨을 한 대 때렸다고 한다.

임제는 깜짝 놀라며 황급히 말했다.

"아니, 왜 이러십니까?

내가 무슨 잘못된 말이라도 물었습니까?"

스승이 노하여 말하기를

"그렇다.

이것은 사람만이 물을 수 있는 마지막 질문이다.

또 한 번 물어보라.

더 세게 때려줄 테니.

얼마나 어리석으냐!

네가, 곧 부처인 것이다.

한데, 어떻게 해야 부처가 되느냐고 물어?"

거미와 같은 생물은 혼자서 살아간다. 같은 거미끼리 모여서 사회를 만들 필요가 없다. 다만 교미의 충동은 별문제로 치고 거미는 저마다 자급자족하므로 서로 싸울 것도 없고, 배울 것도 취할 것도 없다. 거미에게는 자아와 같은 문제가 없다.

실존은 야생이며 숲이다.
아무런 법칙도 없고 어떤 계획된 것도 없다.
무계획, 야생,
그것이 실존의 신비이며 아름다움이다.

나무를 알려면
숲까지 보아야 한다.

현재 당신의 모습은 꽃이 피지 않은 나무와 같다.
거기에 나무꾼이 다가오고 있다.
순간 나무는 공포를 느낀다.
무슨 일이 일어나려고 하는지도 모르고
공포는 죽음에서 오는 것이 아니다.
공포는 아직 일어나지 않는 무언가에서 온다.
그 나무는 열매를 맺지 못하고 있다.
꽃조차 피지 못한 것을 잘 알고 있다.

나무는 아직 봄을 모른다.
따스한 바람과 춤추어 본 일이 없기 때문이다.
나무는 사랑해 본 일이 없다.
대지와 함께 살아 본 일이 없다.
그 살지 못한 삶이 공포를 낳는다.
실존은 바로 죽음. 그 자체이다.

노자老子는
"속을 보라. 겉은 보지 말라."고 말한다.
그 속이 비어 있다는 것은

당신의 실존, 바로 그것이다.
그 속의 허성虛性
그 속의 공성空性이 당신의 실존인 것이다.
다시 말하면, 당신의 실존은 비 실존이라는 의미인 것이다.
실존이라는 말은 당신에게
누가 있는가? 하고 물을 따름이다.

실존은 공간이다.
공간
속이 당신이 태어나는 공간이고
그 속이 당신이 사는 공간이고
그 속이 당신이 용해되는 공간이다.

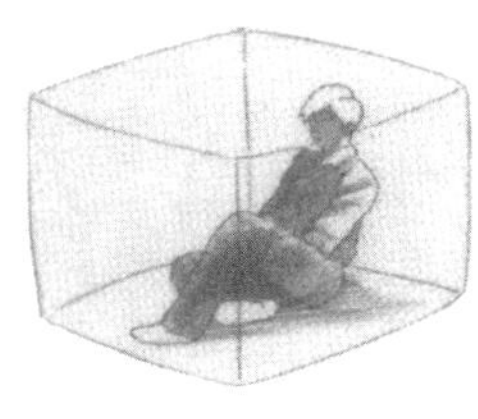

하나의 거대한 공간
처음도 없고 끝도 없는 하나의 영원
그것이 바로 당신인 것이다.

물고기는 바닷속에서 태어난다.
물고기는 바닷속에서 산다.
물고기는 바닷속에서 죽어 없어진다.
물고기는 바닷물 이외에 아무것도 아니다.

말을 하지 않고 눈을 감고
자기의 내부를 깊이 들여다보면
당신은 자기가 텅 비어 있음을 느낄 것이다.
이때 두려움을 가져서는 안 된다.
두려워지면, 당신은 벽에 기대어 의지하려고 한다.
그러나 마지막 해답에서는
그 벽도 역시 속이 비어 있다는 사실을 깨닫는다.
실존이란 거대한 무無다.

밤에 당신은 잠을 잔다.
꿈이 솟아난다.
아무것도 없는 데서
깨끗한 꿈
추한 꿈
당신을 죽는가 싶도록 떨게 만드는 악몽

꿈은 무無에서 나온다.
그것은 참으로 사실적인 것처럼 보인다.
박진감이 있어 보인다.
하지만, 아침이 되어 눈을 뜨고 나면
어디에서도 찾을 수 없다.
어디에서 그것은 왔는가?

어디에서 그것은 솟아났는가?
왜 낮에는 생겨나서 안 되는 것일까.
실존이란 보다 여성주의다.

나무들을 보라.
물이 흐르는 것을 보라.
당신의 주위를 둘러보라.
당신은 모든 곳에서
많은 여성적인 것을 찾아낼 수 있을 것이다
모든 것은 이 순간이 완전한 것처럼 보인다.
나무들은 미래 따위를 고민하지 않는다.
새들은 미래 따위를 고민하지 않는다.

강물은 그저 게으르게
정말 조용하게
마치 흐르고 있지 않은 것처럼 흘러간다.
무엇 하나 서두르고 있는 것이 보이지 않는다.
그러므로 실존이란 자기를 보는 거울과 같다.

자기 자신을 증명할 필요가 없다.
당신은 오직 있을 뿐이다.
당신은 완벽하다.

새들은 미래 따위를 고민하지 않는다.
강물은 흐르고 있지 않은 것처럼 흘러간다.
그러므로 실존이란, 자기를 보는 거울과 같다.

당신은 어머니의 자궁에서 태어났다.
당신은 존재 속에서 자궁을 찾아내야 한다.
만일 당신이 자궁을 찾아내게 되면
똑같은 따뜻함
똑같은 생명
똑같은 사랑
똑같은 보살핌을 존재 속에서 찾아낸다면
그때 존재라는 당신의 집은
당신의 어머니가 된다.

"당신은 내가 누구인지 아십니까?"
"아니 모르오. 전혀 알 수가 없는데요."
왜냐하면, 당신이란 사람은 존재하지 않기 때문에
하나의 공空일 뿐이다.
무아無我 아나타anatta
그러므로 우리는 당신을 모른다.

하나의 광대한 공간
처음도 없고 끝도 없는
하나의 영원
그것이 바로, 당신인 것이다.
그런데 어떻게, 나를 알 수 있다는 말인가?

당신은 마치 한 개의 양파와 같은 존재이다.
그 껍질을 벗겨 내고 안으로 들어가 보라.
벗기면 벗길수록 새로운 층이 나타난다.
그리고 다음 층
그리고 또 다음의 새로운 층
그리하여 어느 곳까지 이르면
문득 양파 전체가 없어져 버린다.
속은 텅 비어 있다.
그것이 당신인 것이다.

하늘을 보라.
하늘에 구름 한 점도 없을 때는 적극적인 공간이 된다.
당신이 그와 같은 하늘을 구름의 부재라고 본다면
그것은 하늘을 소극적인 관점에서 보고 있는 것이다.
만일 당신이 공간을 푸르다고 하면
그것은 하늘의 현존現存이며

그 푸른 하늘에서
모든 것이 솟아나고 있다고 본다면
그것은 소극적인 것이 아니다.
그것은 세상에서 가장 적극적인 것이 된다.
그것이 바로 실존의 기반이다.
비 실존이야말로 실존의 기반인 것이다.

모든 것이 거기에서 나오고
그리고 모든 것은 차츰 그 속으로 돌아간다.
당신은 거기에서 태어나고
그 속에서 죽는다.
어떻게 내가 당신을 알 수가 있다는 말인가?
단지, 당신의 지식이라는 개념은
하나의 정의일 뿐이다.
그런데 당신은 정의에 대해 불능하다.

아니다. 나는 당신을 모른다.
나는 나 자신도 모른다.

내부를 향해서 떠나보라.
어느 날, 당신은 공에서
수레바퀴의 중심을 만나게 될 것이다.

수레바퀴의 중심은 비어 있다.

그러나 그것이 수레바퀴의 전체를 받치고 있다.

바퀴의 중심은 텅 비어 있다.

그러나 그것 없이는 수레바퀴를 움직이지 못한다.

그것은 조각조각 분해되어 버릴 것이다.

당신은 수레바퀴밖에 모른다.

이것이 지금까지의 당신의 퍼스낼리티―인생이다.

길 위에 핀 행복

짙은 향기를 풍기며 밝은 빨간색으로 온통 칠해 놓은 듯한 장미 꽃밭이 녹색의 철문 바로 안쪽에 자리 잡고 있습니다.

그 꽃밭 위로 왕벌들이 날아다니고 있었고, 적당히 넓은 정원에는 마타골드 나무와 강낭콩 넝쿨이 꽃을 피운 채 함께 어울려 있었습니다.

저 멀리 강이 내려다보이는 곳은 아름다운 정원이었습니다.

이제 막 저녁노을에 물든 강물은, 온통 황금빛을 띠고 곤돌라와 같이 생긴 작은 어선들이 강 표면 위에 검은 그림자처럼 떠 있습니다. 침묵의 흐름이 있을 뿐입니다.

강둑 반대쪽에 위치한 마을의 집들이 한 마장 가량의 면적에 옹기종기 모여 있어, 한 폭의 그림과 같았습니다. 강 건너로부터 마을 사람들의 말소리가 저녁 바람을 타고 들려왔습니다.

정문에서 집 창문 밖으로 아주 작은 길이 나 있었는데, 그 길은 마을에서 도심지로 뻗은 신작로에까지 닿아 있어서 마을 사람들이

외출할 때나 귀가할 때는, 으레 이 지름길을 이용했습니다. 그런데 이 길은 강물로 흘러 들어가는 시냇물의 한 작은 둑에서 끝나고 있었습니다.

아마도 이 지점에서 옛날 마을 사람들은 시냇물을 건널 요량으로 대나무로 된 다리를 놓았을 것입니다. 그러나 지금은 나룻배가 닿은 선착장 구실을 하는 널따란 널빤지가 놓여 있을 뿐 하루 일을 끝낸 사람들이 조용히 뱃길을 건너고 있었습니다.

두 사람의 나룻배 사공이 나그네를 강 건너로 건네주고 있는 동안, 나머지 마을 사람들은 쌀쌀해진 저녁 바람을 피하기라도 하려는 듯 옹기종기 모여 앉아, 하루의 이야기를 나누며 차례를 기다리고 있었습니다.

저녁 어스름과 함께 옷깃을 스며드는 찬 바람을 못 이기겠다는 듯, 누군가가 모닥불을 피웠습니다. 곧 작은 불빛이 어둠을 살랐습니다.

그때 나이 어린 소녀가 모닥불을 지피는 장작을 바구니에 담아 가지고 왔습니다. 아마도 소녀는 뱃사공의 딸인가 싶습니다.

소녀는 나룻배가 강을 건너오는 동안 다시 장작더미를 나르고 있었는데, 몹시 힘겨워 보였습니다. 장작 바구니를 소녀의 혼자 힘으로 머리에 이기에는 너무나 벅찼던 것입니다.

누군가가 소녀를 도와 그녀의 작은 머리에 나무 바구니를 얹어 주자, 소녀는 온 세상을 다 얻기라도 한 듯이 얼굴 가득히 미소를 머금는 것이었습니다.

그러자 배에 탔던 마을 사람들이 차례차례 조심스럽게 선창가를 내려와서, 강둑의 작은 길을 따라 큰길로 접어들자 떠들기 시작하였습니다.

이곳 강안을 끼고 넓게 펼쳐진 평야는 오랜 세월을 거쳐오는 동안, 모래와 질 좋은 토양분의 퇴적을 가진 아주 비옥한 땅이었습니다. 평탄하고 잘 경작된 토지 주변에는 드문드문 오랜 나무숲들이 구름 더미처럼 몰려 있었고, 드넓은 평원이 저 멀리 강 끝까지 펼쳐져 있었습니다.

하얀 꽃이 가득히 피어 달콤한 내음을 풍기는 콩밭은 꿈처럼 아름다움을 주는 아주 인상적인 풍경이었습니다.

나지막한 언덕에서, 물론 낮은 산입니다만, 마을을 내려다보면 들판 한쪽으로 끝없는 강물이 굽이굽이 흘러가고 있었고, 언제부터 트인 길인지는 몰라도, 큰길을 따라 작은 사잇길이 들판의 밭과 숲 사이로 아련히 뻗어 있었습니다.

그 작은 길은 아주 오랜 옛날부터 인간의 꿈과 소망이 들꽃처럼 피어 있는 생명의 길이었습니다. 이 길을 걸어본 사람들의 설레이는 기분을 설명이라도 하듯, 많은 순례자들이 오랜 세월을 걸쳐서 성지를 찾아오는 순례의 길이기도 했습니다.

그래서 길가의 이곳저곳에는 조그마한 사원들이 세월처럼 자리잡고 있었고, 수명을 다한 듯한 망고나무들이 짙은 숲 그늘을 드리운 채 길 주변에서 여행자들을 맞고 또 보내고 있었습니다. 그러나 지금은 황홀한 노을이 그 황금의 나래로 망고나무를 감싸고 있을 따름입니다.

그런 길을 따라 작은 오솔길로 접어들면 대나무숲이, 오랜 세월을 지내온 듯 저마다 퇴색한 빛깔로 우르르 몰려 있습니다. 바람 소리가 대나무 숲속을 가득 채웠습니다.

그런 곳 한옆에 장난삼아 서 있는 듯싶은 한 그루 사과나무에 어미 염소가 묶여 있었고, 바로 그 곁에는 새끼 염소 한 마리가 노을빛과 함께 뒹굴고 있었습니다. 아름다운 저녁 한때가 머물고 있는 잔잔한 풍경이었습니다.

오솔길은 다시 큰길로 이어져 있었고, 길옆 망고나무 숲 밑에서는 샘물이 전설처럼 솟아나고 있었습니다.

그런 숲 속엔 숨 쉬지 않는 침묵이 감돌고 있었고, 대지 위의 만물까지도 축복이 내려오고 있음을 알기라도 한 듯, 고요와 평화스러움이 깃들어 있었습니다.

이러한 것들은 평화란 말로써 표현되고 기억될 수 있는 영원한 아름다움의 추억만이 아니라, 전체적인 마음의 움직임이 부재일 때 찾아오는 평화인 것입니다.

그 자리에는 단지 측량할 수 없는 실존만이 있을 뿐입니다.

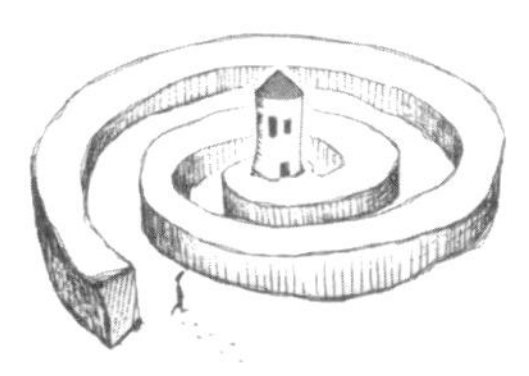

삶의 문밖에서
나를 찾으며

어느 날 사십 대 초반이라고는 하지만, 아주 젊게 보이는 중년 남자가 찾아왔습니다. 확신과 용기를 갖고 대중들 앞에서 많은 강연을 해 온 사람이었는데도, 웬일인지 수줍음을 감추지 못하고 있었습니다.

대부분의 나이 많은 사람들이 그렇듯, 그 사람 역시 정치, 종교, 사회 개혁에 참여하고 있었으며, 또 한편으로는 여가를 이용해서 시를 짓고 그림을 그리며, 오로지 마음의 평정에 힘쓰고 있다고 말했습니다.

그 사람은 정치적인 분야에까지 저명한 친구들을 갖고 있었으며, 자신도 그들과 함께 활동할 수 있는 역량도 있었으나, 그와는 달리 오로지 산촌에 묻혀서 자신의 능력을 드러내지 않은 채 조용히 살아가고 있는 사람이었습니다.

"저는 오랫동안 선생님을 만나 뵙고자 노력하여 왔습니다. 선생님께서는 전혀 기억하지 못하고 계시겠습니다만, 저는 세계 대전이 일어나기 직전에 선생님과 함께 유럽행 배를 탄 적이 있는 사람입니다.

저의 부친은 선생님의 가르침에 깊은 관심을 갖고 계셨습니다만, 그때 전 정치다, 사회 참여 다 하는 것들에 온정신을 빼앗기고 있는 터라, 선생님의 말씀엔 별로 아는 바가 없었습니다.

그런 후 조용히 산촌에 은둔하여 살면서부터, 언젠가 선생님을 뵙고 싶은 열망에 가득 차게 되었지요. 전 지금까지 아무에게도 말하지 않은 문제를 선생님과 함께 의논해 보고 싶은 것입니다.

사실 전 많은 사람들과 강론할 기회가 있었으나 이 문제 만큼은 쉽게 해결될 수 없을 것 같아서 개인적으로 선생님을 찾아뵙게 된 것이지요. 전 지금 아주 위기에 처해 있습니다.”

“어떤 일 때문에 그러신가요?”

“저 혼자의 힘으로는 해결할 수 없는 문제라고 생각하고 있습니다. 전 지금까지 제자신을 미혹케 하는 사색이 아닌 좀 다른 명상을 해왔습니다. 제자신의 실체를 알려고 노력해 왔습니다.

그러나 명상을 하는 동안 나약하게도 깊은 잠에 빠져버리기 일쑤였습니다. 이것이 저의 나태함과 안일함 때문에 비롯되는 나쁜 습관이라고 단정했습니다. 그래서 긴장도 해보고 금식도 하면서, 지금까지 노력해 왔으나 결국은 모두 허사였습니다.”

“그렇게 된 것이 과연 나태함 때문일까요? 혹은 그 밖의 다른 원인 때문에 비롯되었다는 생각은 들지 않았습니까? 그렇지 않으

면 삶을 영위해 가는 데 있어서 필연적으로 발생하는 일들로, 마음
이 무디어지고 둔감해진 탓이라는 생각은 들지 않았습니까?

한 가지 묻고 싶은 것이 있는데, 그런 당신의 내적인 좌절감
뒤에 사랑의 모습이 나타나지 않던가요?”

“잘 모르겠습니다. 선생님, 전 이 문제에 대해서 다소 애매한
생각을 해왔습니다. 어떤 것으로도 문제의 핵심을 끌어낼 수 없었
습니다. 아마도 전 지금까지 살아오는 동안 그릇된 행동으로 심신
이 약해져 있는 탓인가 봅니다. 그동안 저는 가족 문제나 돈 또는
다른 문제에 있어서도, 아주 손쉽게 해결해 온 것은 사실입니다.
어려운 것이라고는 전혀 없었습니다.

아마도 그 점이 문제였을 겁니다. 이와 같은 안락한 삶이 가져다
주는 일반적인 감정과, 어떤 환경에서도 제 스스로 문제를 해결할
수 있다는 자만심이 저를 나약하게 만든 것 같습니다.”

“그 점은 단지 표면적으로 일어난 언어적 서술에 지나지 않다는
말이 아닐까요? 만약에 당신이 안일한 생활로부터 깊은 영향을
받았다면, 지금쯤 당신은 다른 부류의 삶을 살고 있을 것입니다.
좀 더 쉬운 환경을 따랐을 것이라는 말입니다. 그러나, 당신은 자신
의 마음이 그렇게 나태하고 활발하지 못한 원인은 분명히, 다른
과정에서 온 것임을 말씀드리고 싶습니다.”

“그러면 어떤 것일까요? 저는 성생활에도 흥미를 갖고 있습니다.
오히려 그것을 탐닉해 왔을 정도로 즐거움을 느끼고 있으나, 성의
노예가 될 만큼 자신을 파괴하지는 않았습니다.

성적인 감정에서 시작한 사랑의 종말은, 언제나 실망 속에 놓이게 된다는 사실을, 너무나 많이 보아왔기 때문입니다.

사랑의 그릇된 열정은 자신의 인생을 파멸로 이끌어가는 독과 같은 것이니까요. 이처럼 성에 대해서만큼은 적절한 즐거움과 자제심을 함께 갖고 있습니다. 그래서 성을 비난하거나 절대적으로 추구하지도 않습니다. 사실 성은 제게 있어서 아무런 문제도 되지 않습니다.”

“자신의 민감성을 붕괴시키는 것이 사랑의 행위와는 다른 차이가 있다는 말씀인가요? 무엇보다도 사랑은 유연하며 나약한 것입니다. 그래서 마음은 삶에 장벽을 세워 방비함으로써 사랑하기를 거절하고 있는 것이지요.”

“저는 성 문제에 어떤 방벽을 마음에 쌓고 있다고는 생각지 않고 있습니다. 또한 사랑이 성생활을 하는 데 필수적인 감정이 아님도 잘 알고 있습니다. 이렇듯 저는 사랑을 했는지, 또 어떠했는지조차 모르고 있다는 편이 정확한 표현입니다.”

“우리들의 마음이란 정적인 것들로 늘 차 있는데, 그것이 충족될 때까지 조심스럽게 우리의 내부에서 자라왔음을 자신은 알고 있습니다. 우리들의 많은 시간과 정력을 생계를 유지하는 일과 지식을 습득하려는 노력, 신앙이라는 열성적인 일이나 애국심, 국가에 대한 봉사, 사회를 개혁하고자 하는 활동, 덕목과 이념을 추구하는 등등의 온갖 일에 마음을 내어주고 있습니다.

그러한 텅 빈 마음속에 우리들도 모르는 사이에 교활한 것들이 자리 잡게 됩니다. 이러한 것들이 우리의 마음을 둔감하게 만들고 있는 요소들인 것입니다.”

“우리가 자신의 마음속에 많은 것들을 배양하고 있음은 사실입니다. 우리는 지식을 숭앙하지만, 그것은 인간의 영향을 받고 있습니다.

그러나 일부 극소수의 사람들은 선생님의 말씀처럼 편견된 마음으로 자기중심적인 사랑을 하고 있습니다. 제자신을 말씀드릴 것 같으면 솔직히 전 어떤 사랑을 했는지조차 모르고 있는 실정입니다. 전 살생을 하면서까지 음식을 만들어 먹지는 않습니다.

전 자연을 사랑합니다. 숲속을 즐겨 찾고 그 속에서 침울과 아름다움을 동시에 느끼고자 합니다. 때로는 하늘을 벗 삼아 자연의 품 안에서 잠들기를 좋아합니다. 바로 이러한 것들이 제가 사랑하고 있음을 증명하는 것이 아닐까요?”

“자연에 대해 민감한 감정을 갖는 것은 사랑의 한 부분입니다. 그러나 그것이 사랑의 참모습은 아닙니다. 온화하며 친절하고 받을 것을 생각지 않는 선행을 행한다는 것도 사랑의 일부이지. 그것이 완전한 사랑은 아닙니다.”

“그렇다면 완전한 사랑이란 무엇입니까?”

“사랑이란 이러한 모든 것, 훨씬 더한 것을 의미합니다. 그러므로 사랑의 모습은 우리의 마음으로서는 도저히 측정할 수 없습니다. 사랑의 전체적인 것을 알고자 한다면, 마음속에 점유한 것들을 텅 비워 놓아야만 합니다. 자신의 중심이 되는 것이라 할지라도 말입니다.

마음을 비워두는 방법을 묻는다든가, 혹은 자기중심적인 것이 아니고자 하는 방법을 묻는 것, 그 방법을 추구하는 것까지 말입니다. 방법을 추구한다는 것은, 또 다른 것을 마음에 자리 잡게 하는 점유물이기 때문이지요."

"그렇다면 노력 없이도 우리의 마음을 비워둘 수 있다는 말씀입니까?"

"옳은 것이든 그른 것이든 간에, 모든 노력이란 중심이 되는 요소, 성취하고자 하는 핵심적인 부분, 즉 자아를 받들고 있습니다. 따라서 자아가 있는 곳에는 사랑이 존재하지 않습니다.

지금 우리는 마음의 나태함과 민감하지 못함을 토론해 왔습니다. 당신은 많은 책을 읽지 않았던가요? 지식도 이런 민감하지 못한 과정을 이루는 것 중의 하나가 아니겠습니까?"

"전 학자가 아닙니다. 그러나 많은 책을 읽었고, 지금도 틈틈이 독서를 하고 있습니다. 마치 책을 먹는 것처럼 도서관에서 시간을 보내기도 했습니다. 전 지식을 매우 존중합니다. 전 선생님께서 지식이 삶에 불감성을 제공하는 요소라고 말씀하시는 뜻을 잘 모르겠습니다."

"어떤 의미의 지식을 말씀하시는 건가요? 우리의 삶은 자신이 배운 것을 가지고 넓은 의미로 경쟁을 하고 있는 것입니다. 우린 배움을 증가시킬 수 있을지는 몰라도 지식을 버리려고 노력하지는 않습니다.

당신은 지금까지 읽어온 많은 책들과 말한 것을 제외하고는 무엇을 알고 있다고 확신하고 있습니까? 당신이 지금까지 경험한 것들이란, 이미 과거에 경험했던 것으로 꾸며진 결과입니다. 그러므로 경험이란 이미 경험된 것을 뜻하고 있습니다. 또한 경험한 것을 넓히고 수정하고 있는 것이, 바로 지식입니다.

그래서 경쟁적인 과정이 지탱되며 좋든 나쁜 것이든, 고상한 것이든 사소한 것이든 간에 민감하지 못함이 지식의 모습입니다. 또 지식은 마음이 이미 알고 있다고 하는 영역 가운데서만 반응을 나타냅니다. 이 점이 바로 당신의 마음에 변화를 주는 이유가 아닐까요?”

“그러나 제가 알고 있는 모든 것, 즉 지식이라는 것을 내던져 버릴 수는 없습니다.”

“당신이란 존재가 바로 지식이며, 당신을 긁어모으게 한 사물이 당신이라는 존재인 것입니다. 이를테면 당신은 항상 감명받은 것을 반복하고 있는 레코드판과 같은 존재입니다.

당신은 노래이며 소음이자, 사회와 문화의 잡담인 것입니다. 이런 잡담에 오염되지 않은 당신은 실존을 발견할 수 있겠습니까? 이런 자아중심적인 감정은, 당신이 보아온 것들로부터 벗어나 자유롭기를 갈망하고 있습니다.

하지만 이것들로부터 자유로워지고자 하는 노력 또한, 계속 긁어모으려는 과정의 한 부분입니다. 당신은 지금 새 레코드판으로 새로운 노래를 듣고자 하고 있습니다. 하지만 당신의 마음은, 아직도 둔하며 민감하지 못합니다.”

“선생님께서는 지금 제 마음의 상태를 확실하게 말씀해 주셨습니다. 전 시간만 있으면 배우기 위해 노력하고 뜻을 알 수 없는 이념들, 종교와 정치에 이르기까지 깊은 관심을 기울여 왔습니다.

그러나 선생님이 지적해 주신 말씀과 같이 제 마음은 늘 자기중심적인 상태에 놓여 있음을, 다시금 깨닫게 되었습니다. 또한 이런 전체적인 과정들이 마음을 피상적으로 경계하며, 자기기만에 빠져 외적으로 나약하게 만들고 있음을 알게 되었습니다.”

“그렇다면, 그 피상적인 것 바로 밑에는 아직도 지난날과 같은 자기중심적인, 내가 있음을 깨달았다는 것인지, 아니면 다른 내가 존재하고 있음을 말하는 건가요?

그것이 당신 스스로의 발견이 아니라면, 그것은 단지 말의 효과일 뿐, 중요한 사실은 아닌 것입니다.”

“쉽게 이해할 수 없군요. 좀 더 확실하게 설명해 줄 수 없겠습니까?”

“전혀 알지 못하거나, 아니면 기억만 할 뿐이라는 뜻인가요? 기억이란 하나의 연상 과정이며 추억인 것입니다. 그것이 바로 지식이기도 하지요. 그 점은 옳다고 생각되지 않습니까?”

“이제는 선생님의 말씀을 이해할 수 있습니다. 또 제자신이 말로만 떠들고 있는 앵무새와 같은 존재라는 것도 다시금 깨달았습니다. 연상과 기억을 통하여 전달되는 것이 지식이라고 말할 수 있겠지만, 그 기억으로 내가 앵무새와 같다고 판단하게 되는 것은 아닐까요?”

“앵무새라는 말의 관념이, 당신으로 하여금 새, 날아다니는 사물을 제대로 바라보지 못하게 가로막고 있습니다. 우리는 거의 사실을 올바르게 보지 못하는 어리석음을 함께 갖고 있습니다.

당신은 사실을 사실로 보는 것이 아니라, 다만 상징되어지는 것만을 보고 있을 따름입니다. 지금 당신은 사실이 어떤 것이든 간에 말이나 상징과 함께 연상됨 없이, 사실을 올바르게 볼 수 있다고 확신합니까?”

“지금 저에게 사실에 대한 새로운 인식이, 사실을 대변하고 있는 말이란 것에 대한 깨달음이 동시에 마음 안에서 생겨나고 있는 것 같습니다.”

“말과 사실을 서로 분리할 수는 없습니까?”

“그런 능력이 저에게는 없습니다.”

“아마도 우리는 바로 이 점을 어렵게 생각하고 있는 것 같습니다. 저와 같은 상대를 나무라고 가정하여 본다면 말과 그 대상은 서로 떨어져 있는 다른 개체입니다. 그렇다고 생각되지 않습니까?”

“그렇습니다. 선생님께서 말씀하셨듯이, 우린 말로써 사물을 바라다보고 표현할 뿐입니다.”

“그렇다면 말과 대상을 서로 분리시킬 수는 없겠습니까? 사랑이라는 말이 사랑에서 비롯된 사실이나 감정이 전혀 아닌 것처럼 말입니다.”

“그러나 한 가지 면에서 본다면 말 역시도 사실이 아니겠습니까?

안 그런가요?"

"한 면으로 본다면야 그렇지요. 말이란 의사소통을 위한 수단이니까요. 그러므로 말을 기억하게 되고 흘러가 버린 경험과 사고, 감정을 마음에 새겨두게 되는 것입니다.

그리하여 마음 그 자체는 말이자 곧 경험이며, 쾌락과 고통, 선과 악이라는 면에서 관계를 갖고 있는 사실에 대한 기억인 것입니다. 이런 전체적인 과정을 시간이라는 영역 속에 내재해 있다는 것, 바로 그 내부에서 일어나고 있는 것이 기억입니다.

그러한 영역 가운데서 일어나는 어떠한 혁명두 새로운 것이 아니며, 다만 지금까지 있어 온 바를 수정할 따름입니다."

"제 마음은 늘 둔하고 나약한 가운데서 관습적이고 경쟁적인 생각 속에 자기중심적인 수련의 한 부분으로 이루어졌다고 봅니다.

그런 경쟁적인 마음에 이르게 하려면 레코드판과 같은 진행, 나라고 하는 이기심이 반드시 없어져야 한다는 말씀으로 이해하겠습니다.

이를테면 내 자신이 사실을 올바르게 바라다봄으로써 만이 붕괴되어질 수 있으며, 헛된 노력으로는 불가능하다는 말씀인가요? 또 선생님의 말씀은 노력이란 레코드판이 반복되고 있는 음향과 같을 뿐, 아무런 희망도 없다는 뜻이 아닙니까?"

"사실을 바로 보도록 하십시오. 존재하고 있는 모든 것을 사실대로 작동하도록 놓아두십시오. 당신이 인위적으로 작동하려고 하지 마십시오. 사실이란 바로 당신, 즉 사실에 대한 견해와 판단, 그리

고 지식을 상품화한 삶의 경쟁에 목적을 둔 기계주의를 말하는
것입니다.”

“그렇군요. 노력하겠습니다.”
하고 그가 정직하게 말했습니다.

“노력한다는 것은 경쟁적인 인위적인 기계에 기름을 치는 일과
똑같습니다.”

“선생님! 선생님께서는 저에게 인간의 실존을 말씀해 주셨습니
다. 이제 제게 남은 것이라고는 아무것도 없습니다. 그러나 새로운
것이, 또 마음 안에 자리 잡게 되겠지요?”

“그것이 있는 그대로의 당신의 참모습인 것입니다.”

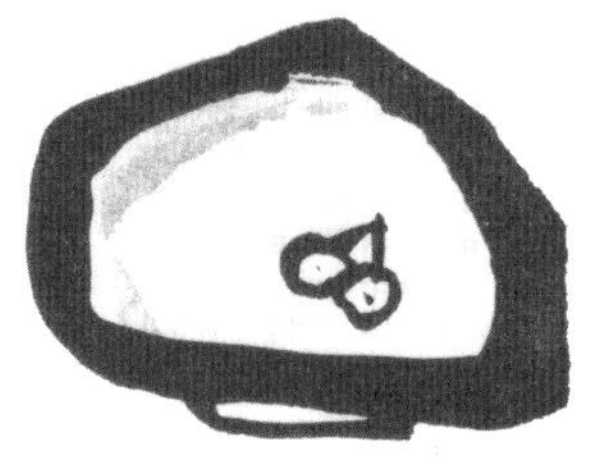

사랑

사랑이란 신성한 현상이다.
사랑은 결코 때 묻은 것이 아니다.
사랑이란 이름에 가치를 둔 것은 모두 신성하다.
그리고 사랑의 내부로 들어가게 될 때, 비로소 당신은 순결한
세계로 발을 들여놓게 된다. 어서 달려가
사랑하라. 사랑의 중심으로 깊이 들어가면, 당신만의 신을
발견하게 될 것이다.

사랑

나는 사슴, 너는 작은 노루
너는 새. 나는 나무
너는 태양, 나는 흰 눈
너는 대낮, 나는 밤의 꿈

한 마리 작은 파랑 나비가
바람에 불리어 날아간다.
진주 빛깔의 소나기처럼
반짝거리며 사라진다.
나는 보았다.
이처럼 순간적인 깜박거림으로
사랑이 반짝반짝 손짓하며 사라지는 것을.

당신은 사랑의 뜻은 알 수 있으나
사랑으로 하여 더 많은 것을 놓치고 있다는 사실을 모른다.
사랑의 진정한 의미는 실존적인 체험에서 온다.
당신은 스스로 그것을 깨닫지 않으면 안 된다.

그밖에는 길이 없다.
사랑에 지름길 따위는 없다.
사랑은 양도될 수 없다.
그것은 훔칠 수도 없다.
그것은 빌릴 수도 없다.
그것은 돈이나 보석으로 살 수 없다.
그것은 빼앗을 수 없다.
그것은 구걸할 수 없다.
어떠한 방법도 없다.
당신이 사랑을 소유하려고 하지 않는 한
당신은 사랑을 가질 수 있다.

야망에 불타는 마음으로는 진실한 사랑을 할 수 없다.
그것은 불가능하다.
먼저, 자기의 야망을 채우지 않으면 안 되기 때문에 그렇다.
사랑을 위하여 모든 것을 희생하지 않으면 안 된다.
자기의 사랑을 계속 희생한다.

야심가들을 보라.
만일 그가 돈에 눈이 뒤집혀 있다면
그들은 언제나 사랑을 다음으로 미룬다.
내일로—

큰돈을 모은 다음에는 사랑을 하게 될지도 모른다.
바로 지금은 사랑이 불가능하다.
아무리 생각해 보아도 사랑은 실질적인 일이 아니기 때문이다.
당장에 그들은 사랑할 여유가 없다.
사랑의 실체는 편안함이다.
하지만, 그들은 뭔가를 얻으려고 뛰고 있다.

목표
그것은 돈일 수도 있다.
그것은 능력일 수도 있다.
자유일 수도 있다. 권력일 수도 있다.
그러한 그들이 어떻게 사랑 따위를 할 수 있겠는가?
그들은 지금 여기에 있지 못하다.
그러나 사랑이란, 지금 하나의 현상인 것이다.
사랑은 '현재'밖에 존재하지 않는다.
그러나 야망은 '미래' 속에 존재한다.
사랑과 야망은 결코 만나는 법이 없다.

만일 사랑을 하지 못한다면
어떻게 누구인가에 의해 사랑을 받을 수 있겠는가?
사랑이란
함께 있을 준비가 된 두 실존의 합일이다.

이 순간은
내일이 아니다.
이 순간이 합리적이고
과거나 미래는 모두 잊어버릴 준비가 되어 있는 자
사랑이란 과거와 미래의 망각이고
살아 있는 순간에의 관심이다.
사랑이란 순간의 진실을 의미한다.

인간들의 사랑은 추하다.
서로 비극을 만들고 있는
그것은 당연한 일이기도 하다.

사랑은 자기도취다.
무심의 도취다.
현재의 도취다.
야심 없는 상태의 도취다.

연인들이 있는 곳
거기엔 누구도 있지 않다.
그저 사랑만이 존재할 뿐이다.

두 연인들이 만날 때
그들은 이미 둘이 아니다.
그들이 만나는 순간
그들은 사라져 버린다.
그저 사랑만이 존재하고 흐를 뿐이다.

인간들의 사랑은 추하다.
최악이다.
그것은 당연한 일이기도 하다.
그것은 세상에서 가장 아름다운 현상일 수도 있다.
그런데도 그것은 가장 추한 것이 되어버렸다.
끊임없이 다투고
서로 비극을 만들고 있는 연인들
실존주의 철학자 사르트르가 '타인은 지옥이다.'라고 말할 때
그는 당신들의 사랑에 대하여
뭔가를 알아맞추고 있었던 것이다.

혼자일 때
당신은 늘 외로움을 느낀다.

연인과 함께 있으면
어김없이 긴장감이 생겨난다.

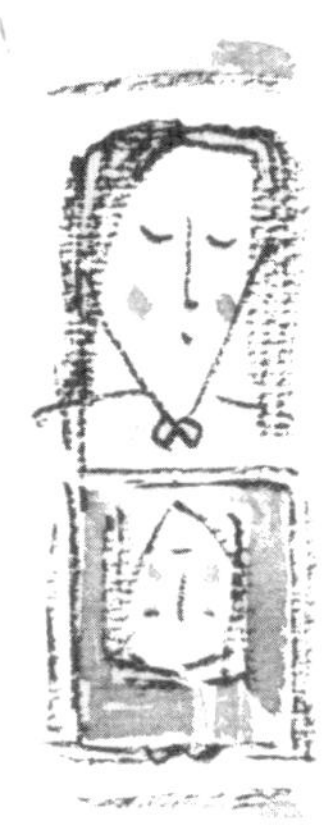

당신은 사랑의 뜻은 알 수 있으나
사랑으로 하여 더 많은 것을 놓치고 있다는
사실을 모른다.

당신은 혼자서 살 수 없다.

가장 밑바닥의 별것 아님이 가만히 있을 수 없기 때문이다.

그것은 하나의 심한 목마름

하나의 깊은 굶주림을 가지고 있다.

그렇기 때문에 당신은 혼자 있을 수가 없다.

당신은 가만히 있을 수 없다.

당신은 함께 되기를 원한다.

그러나 함께 된 그 순간부터

그것은 불행으로 바뀐다.

모든 연애 관계는 불행을 낳는 처음이며 끝이다.

사랑은 그저 싸움. 다툼에 지나지 않는다.

사랑은 서서히 그것에 순응하며 길들여진다.

다시 말하면,
차츰 둔해지고 둔감해진다는 뜻이다.
온 세상이 이토록 죽어 있고
지쳐 있어 보이는 것은 그 때문이다.
악취를 뿜고 있다.
모든 연애 관계는 지쳐 있다.
그것들은 추해 있다.

만일 당신이 진심으로 사랑하고
또 사랑을 받고 싶다면
지금의 당신 그대로의 모습을 가지고는 불가능하다.
당신은 사라져 버려야 한다.
당신은 떠나버려야 한다.
깨끗한 무無가 남도록
신선한 무가 뒤에 남도록
그래야 비로소
사랑의 꽃이 필 수 있다.
사랑의 씨앗이 살아 있게 된다.

사랑이란 것은 신성한 현상이다.
사랑은, 결코 때 묻은 것이 아니다.
사랑이란 이름에 가치를 둔 것은, 모두 신성하다.

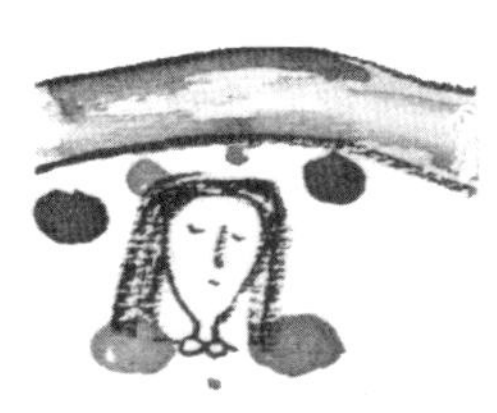

그리고 사랑의 내부로 들어갈 때
당신은 순결한 세계로 발을 들여놓는 것이다.

어서 달려가 사랑하라.
이 세상에서 마음껏 사랑하며 살라.
이제 당신은 그것을 즐길 수 있을 것이다.
그것을 맛볼 수 있을 것이다.
그 가장 깊은 가능성을 들여다볼 수가 있으리라.
어느 곳이건 간에
당신이 깊음이라는 영역으로 들어갈 수 있는 곳
당신은 거기서
'성스러운 것'을 발견하게 될 것이다.
사랑의 중심으로
깊이 들어가면 신을 발견하게 된다.

사랑은 여전히 거기에 있다.
미움은 왔다 가는 것이지만

사랑은 머물러 있다.
노여움은 왔다가는, 다시 온다.
자비는 살아남는다.
미움은 사랑을 죽이지 못한다.
밤은 낮을 죽이지 못한다.
어둠은 빛을 죽이지 못한다.
그것들은 여전히 살아남아 있다.

미움이란 무엇일까?
그것은 떠나가는 경향을 말한다.

사랑이란 무엇일까?
가까이 가는 경향이다.
미움은 헤어지는 경향, 이혼하는 경향
사랑은 결혼을 한다.
다가가는, 가까워지는, 하나가 되는 경향이다.

미움은 둘이 되는 것.
서로 헤어져 독립하는 것
사랑은 하나가 되는 것.
상호 의존하는 것이다.
미워할 때, 당신은 반드시 떠나게 된다.

자기의 연인으로부터

자기의 애인으로부터

그러나 보통의 삶에 있어서는

떠난다는 것은

다시 돌아오기 위해서 필요한 것이다.

사랑은 음식이다.

너무나 미묘하다.

미묘하도록 아름답다.

하지만 그것은 음식인 것이다.

그것은 영양이 된다.

한 사람을 사랑할 때

공복은 가라앉는다.

그러므로 당신은 만족한다.

사랑에는 두 얼굴이 있다.

굶주림과 만족

당신은 굶주림을 미움으로 착각하고 있는 것이다.
사실 미움 같은 것은 현존해 있는 것이 아니라
오히려 사랑을 더욱 강하게 만들 뿐이다.
왜냐하면 사랑은 미움을 흡수할 수 있기 때문이다.
만일, 어떤 사람을 사랑한다면
어느 순간에는 미움도 있을 수 있다.
그러나 그것이 사랑을 파괴한 일은 없다.
도리어 그것은 사랑에 풍요로움을 가져다준다.

내 삶에 사랑이라는 수학을 적용시켜 보면
이혼 같은 헤어짐이 생기는 것은
당신이 날마다 사랑을 연기하기 때문이다.
그렇게 하면 이혼이 쌓이고 쌓여
어느 날 결혼은 그것에 의하여 완전히 숨통이 끊어져 버린다.
그것에 의하여 산산조각이 나 버린다.

만일 당신이 내 말을 알아듣는다면
나는 기다리지 말기를 권하고 싶다.
그리하여 날마다 이혼하고,
그리고 재혼하는 것이 좋다.
사랑은 하나의 리듬이어야 한다.

사랑에는 두 얼굴이 있다.
굶주림과 만족
그러나 한 사람을 사랑할 때
사랑은 하나가 된다.

마치 낮과 밤처럼
굶주림과 만족
여름과 겨울
삶과 죽음
사랑은 그렇게 해야 한다.

지금까지 사랑을 해본 일이 없어서
당신은 미움을 두려워한다.
당신이 무서워하는 것은
자신의 사랑이 충분히 크지 않기 때문이다.
미움이 그것을 깨부수어 버릴 수 있기 때문이다.
당신은 자기가 사랑하고 있는지, 어떤지
늘 확실치가 않다.
당신이 미움이나 노여움을 두려워하는 것은 그 탓이다.

폭풍의 뒤에는 정적이 몰려온다
미움 뒤에 연인들은

신선한 아침처럼 서로에게로 빠져든다.
마치 그들이 첫 대면한 것처럼
완전히 신선하게
몇 번씩이나 그들은 만난다.
몇 회씩이나 처음으로 만난다.

연인들은 날마다 사랑에 빠진다.
신선하고
싱싱하게
한 여성을 보면
당신은 지금까지
그녀를 본 일이 있는지, 없는지 분별하지 못한다.
그토록 새롭다.
여자는 자기의 그 이를 보면
처음 만나는 사람처럼 보인다.
그럴 때 당신은 다시 한번 사랑에 빠진다.
남자가 여자를 유혹할 때는
공격적이다.
하지만 여자가 남자를 유혹할 때
덫을 놓는다.

당신의 삶에 있어서 최상의 것이 사랑이라면

신의 존재 속에서는 가장 낮은 것이 사랑이다.

내 삶에 사랑이라는 수학을 적용시켜 보면
이혼 같은 헤어짐이 생기는 것은
당신이 날마다 사랑을 연기하기 때문이다.

성행위를
그들은 '러브 메이킹(love making)'이라고 한다.
러브 메이킹이라든가
'메이크 러브'라고 하는 말은 정말 바보스럽다.
러브(사랑)는 메이크(만들다)할 수 있다는 것은
도대체 말이 안 된다.
사랑이라는 것은 행위가 아니다.
섹스는 행위다.
그러나 사랑은 행위가 아니다.
그것은 실존의 한 상태이다.

창녀가 줄 수 있는 것은 섹스이지, 사랑이 아니다.
어떻게 사랑을 주문으로 만들 수 있단 말인가.
돈을 위해서?
불가능하다!
어떻게 돈을 위해서 사랑을 만들 수 있겠는가?

사랑은 저절로 오는 것이다.
거기에는 그 자신의 신비로운 길이 있다.
당신은 그것을 콘트롤하거나 마음대로 할 수 없다.
오직 그것에 콘트롤될 뿐이다.
당신은 사랑을 소유할 수 없다.
그것에 소유될 뿐이다.
섹스는 할 수 있다.
사랑은 안 된다.
섹스라면 만들 수 있다.
그러나 사랑은 만들 수 없다.
다만, 당신은 사랑 속에 있을 수 있다.

섹스라는 것은 국부적인 현상이다.
육체적인 것이다.
어디에도 잘못은 없다.
그러나 그것은 합리적이지 못하다.
당신이 한 사람을
성적뿐만이 아니라, 육체적으로
그 전면에서 사랑할 때
그것은 합리적인 것이 아니다.
다만 육체적인 매력은 작은 원에 지나지 않으며
참다운 사랑은 이 작은 원을 둘러싸고 있는 큰 원이다.

사랑은 그저 육체적일 뿐만 아니라
동시에 정신적이기도 하다.

사랑은 음식과 같다

나는 첫사랑에게 웃음을 주었고,
두 번째 사랑에게는 눈물을 주었습니다.
세 번째 사랑에게는, 아주 오랫동안
깊고 깊은 침묵을 선물하였습니다.

두 젊은이가 가까운 이웃 도시에서 나를 찾아왔습니다. 버스를 타고 온 그들은, 얼마 동안 먼지투성이의 길을 걷지 않으면 안 될, 나의 처소를 찾아왔던 것입니다.

직장에 근무하기 때문에 좀 더 일찍 시간을 낼 수 없어서, 이렇게 늦은 시간에 찾아뵙게 되었노라고 정중한 인사까지 하는 젊은이들이었습니다.

두 젊은이는 옷을 단정하게 입고 있었으며, 낡은 버스를 타고 먼지 속을 달려왔건만 깨끗한 옷차림 그대로였습니다.

그들은 미소를 지으며 조심스러운 몸가짐으로, 서재로 들어와서는 주저하듯 수줍어했으나, 행동은 나무랄 데 없이 예의 바른 젊은이들이었습니다.

자리를 권하자, 그들은 안심한 듯 앉으며 수줍음을 잊어버린 것 같았으나, 자기들의 생각을 어떻게 말로 옮겨야 할지 망설이는 태도였습니다.

그래서 내가 먼저 그들에게 말했습니다.

"무슨 일들을 하고 계신가요?"

"저희 두 사람은 같은 직장에서 일하고 있는 동료 사이입니다. 우리 두 사람은 대학을 다니지 못했지만, 고학으로 자격증을 획득했습니다. 전 속기사이고, 이 친구는 경리직을 맡고 있지요. 아직 우린 똑같이 결혼을 하지 못했습니다. 급료는 많이 받지 못하나 부양가족이 없는 탓으로 궁색한 생활은 하고 있지 않습니다. 아마, 지금의 급료로 결혼 생활을 한다면 쪼들리겠죠."

그의 말이 끝나자, 다른 젊은이가 말을 이었습니다.

"우린 충분한 교육을 받지 못했지만, 틈틈이 많은 문학 서적을 읽었습니다. 물론 저희들의 독서량이나 내용이 굉장한 것은 아닙니다만, 지금도 많은 시간을 독서로 보내고 있습니다. 그래서 우리 두 사람은 자연스럽게 가까워졌고 함께 지내는 시간이 많았던 것입니다.

또 휴가 때는 가족들에게로 돌아가 즐거운 한때를 보내다가 돌아오는 것이 저희들 생활의 전부입니다. 그래서 저희들 자신을 살펴볼 여유가 없었지요.

어느 날 한 친구가 선생님의 강론에 관한 것을 들려주었습니다. 많은 관심이 저희들로 하여금 이렇게 선생님을 뵙도록 만들었습니다. 부디 좋은 말씀을 주시기 바랍니다. 그럼, 선생님께 말씀드려도 괜찮겠습니까?"

"물론입니다."

"선생님! 대체 사랑이란 무엇입니까?"

"사랑의 정의를 원하고 계신가요? 아니면 사랑의 의미를 알고 싶으신 건가요?"

"사랑이라는 것에는 많은 개념들이 있어서 혼란을 일으킬 정도입니다."

"어떤 종류의 개념들이지요?"

"사랑이란 감정적이거나 호색적인 것이 아니라는 사실, 이를테면 이웃을 내 몸처럼 사랑해야 한다는 인간의 사랑, 인간적일 수 없는 신의 절대적인 사랑 등등을 말할 수 있을 것 같습니다. 물론 사람에 따라 사랑에 대한 정의도 다르겠습니다만……"

"다른 사람들의 견해와 달리, 당신의 생각은 어떠한가요? 당신도 그들과 같은 견해를 갖고 계신가요?"

"느끼는 바를 곧 말로 표현하자니 어려운 생각이 드는군요. 전 사랑이 우주적인 것이어야만 한다고 봅니다. 즉 인간은 편견 없이, 모든 것을 사랑해야만 한다고 하는 사고방식 말입니다.

사랑을 파괴하는 행위가 곧 편견이라고 생각하고 있습니다. 그 편견이 마음에 감정의 장벽을 만들며, 때로는 모든 것을 갈라놓는 의식적인 분쟁의 원인이기도 합니다.

성경은 피조물인 인간이 서로 사랑하지 않으면 파괴된다고 가르치고 있습니다. 즉 우리들의 사랑이 개인적이나 제한된 것이 아님을 일깨워 주고 있습니다. 하지만 이러한 순수한 사랑을 보기란 매우 힘들다고 저는 생각하고 있습니다."

다른 젊은이가 뒤를 이어 말했습니다.

"신을 사랑한다는 것은, 모든 실체를 사랑한다는 의미라고 봅니다. 오로지 신성한 사랑만이 가치를 인정할 수 있다는 거죠. 그 나머지는 인간의 욕망을 위한 육체적인 사랑이라고 말할 수 있겠습니다. 이런 육체적인 사랑은 신의 사랑을 방해하고 있습니다. 신적인 사랑 없이는, 모든 사랑이란 물물 교환이자, 사고파는 행위와 다를 바 없습니다.

사랑은 감정의 표현이 아닙니다. 성적인 충동은 일시적으로 파멸을 가져올 수 있는 마성이 있습니다. 무분별한 행동이 저지른 원초적인 죄악, 그 점이 바로 제가 산아 제한을 반대하고 있는 이유 중의 하나이지요.

이렇듯 육체적인 열정은 언제나 파괴와 고통을 가져다 주기 마련입니다. 그러나 우리는 정숙을 통해 신에게 이르는 길을 발견할 수 있다고 봅니다."

"선생님께서는 자신의 견해만을 고집하는 것은 옳지 않다고 생각하시는군요?"

"어떤 점은 옳지 않다고 정의하는 것은, 그리 큰 문제가 아님을 증명하는 말이 아니겠습니까? 사람들이 문제가 어떻게 형성되는지를 안다면, 아마도 견해나 판단, 의견의 동의에 의해 실제적인 의미를 인식할 수 있을 것입니다."

"좀 더 친절하게 설명해 주실 수 없겠습니까?"

"사랑이란 영향의 경고임이 틀림없습니다. 당신의 생각이나 견해는, 바로 당신이 성장하여 온 과정에 지배를 받는다는 사실을 기억해 두시기를 바랍니다.

이것은 옳고, 저것은 그르다는 판단은, 당신의 특별한 환경 조건에 의해 생긴 도덕적 형태를 병행해서 말하고 있는 것입니다. 하지만, 우리는 모든 영향을 넘어선 진리에 관해 순간적으로 관심을 기울이고 있지 않습니다. 또 진리로 다스려질 수 있는가 하는 데 관심을 갖고 있는 것도 아닙니다.

현재 집단적인 것이든, 개인적인 것이든 간에 어떤 견해, 신앙, 의견의 일치란, 모두 인간의 배경적인 면, 즉 편협하거나 폭넓은 것이라 할지라도, 그에 따른 응답입니다. 그렇다고 생각되지 않습니까?"

"그렇습니다만, 그것이 잘못이란 말씀입니까?"

"다시 환언하여 말씀드리면, 옳다 그르다고 말한다는 것은, 당신이 아직도 자신의 견해를 고집하는 영역에 머물고 있음을 깨달아야 합니다.

진리란 견해의 차이, 의견의 대립이 아닙니다. 하나의 사실 확인은 동의나 신앙에도 의존하지 않습니다. 당신과 내가, 이 물체를 시계라고 하기로 합의를 보았다 할지라도, 그것을 어떤 다른 이유를 붙인다고 하더라도 변함없는 물체, 그 자체인 것입니다.

당신의 신앙이나 견해는 현재 삶을 영위하고 있는 당신의 사회로부터 주어진 것입니다. 그와 같이 주어진 것을, 당신이 거역한다면 이는 스스로에 대한 반항이며, 이에 대한 반응을 보인다면, 당신은 지금까지 믿고 간직한 신앙이나 견해를 잃음과 동시에, 이상한 편견을 갖게 될 것입니다. 그러나 아무리 신앙이나 견해가 달라진다 하더라도, 당신 본래의 모습을 변모시킬 수는 없지 않겠습니까?"

"송구스럽습니다만, 선생님께서 뜻하시는 바를 쉽게 이해할 수가 없군요."

"그렇다면, 당신은 사랑에 대해 어떤 의견이나 생각도 없다는 말인가요?"

"저는 많은 성자와 종교인들이 들려주는 말 가운데서 특히, 사랑에 관해 쓴 책들을 관심 있게 읽어보았습니다. 물론 제 나름대로 사랑에 대한 정의나 의견도 정리해 보았지요."

"그 결론이 바로 당신의 기호, 선호도에 따라 형성된 것이 아닌가요? 누군가가 사랑에 관해 이야기하면, 그 내용을 좋아하거나 아니면 싫어할 것입니다. 그런 말을 자신의 편애에 따라 옳다거나 그르다고 판단하지요. 바로 이것이, 당신의 견해이며 행동이 아니겠습니까?"

"물론 제가 옳다고 생각하는 쪽을 선택하겠지요."

"당신의 선택이란 무엇에 의한 것입니까?"

"저의 지식과 통찰에 근거한 것이지요."

"지식이라니요? 무슨 말씀이신가요? 나는 당신의 약점을 찾아 그것을 이용해서 궁지에 몰아넣고자 하는 생각은 전혀 없습니다. 다만 사랑에 관한 의견과 이상, 그 개념을 이해시키고자 하는 것뿐입니다.

좀 더 일찍이 우리가 이런 문제를 놓고 함께 이해할 수 있는 시간이 주어졌더라면, 아마도 우리는 보다 깊은 문제에 들어갈 수 있었을 것입니다.”

“그렇다면 지식이란 무엇을 말하는 것일까요?”

“지식이란 성경의 가르침에서 배운 것이라고 말할 수 있습니다.”

“지식이란 현대과학의 기술과 옛날 선사시대부터 현세에 이르기까지 인간이 보아온 모든 정보를 통틀어 말하는 것이기도 합니다.”

하고 다른 젊은이가 덧붙여 말했습니다.

“그렇다면 지식이란 축적의 한 과정이 아니겠습니까? 축적이란 바로 기억의 배양인 것입니다. 지식은 과학자나 음악가, 학자 또는 기술자 등등 여러 분야에서 온전히 활동할 수 있는 능력이 있는 인간으로 만드는 교육인 것입니다.

이것이 바로 우리가 축적해 온 지식이기도 하지요. 이를테면 다리를 건설해야 할 때, 우린 그 분야에 지식을 갖고 있는 기술자를 선택하게 되지요. 이에 합당한 지식은 전통적인 것이며 배경과 환경의 일부분입니다. 그러한 모든 것들이 바로, 우리들의 사고에 영향을 주기도 합니다.

삶, 그것은 다리를 놓을 수 있는 능력까지 포함한 바로, 인간의 전체적인 행동인 것입니다. 분리하거나 부분적인 행위가 아닙니다. 그러나 인생에 관한 우리의 생각은, 한편 사랑에 대한 견해나 결론까지도 전통에 의해 형성되고 좌우된다는, 사실을 명심하시기 바랍니다.

만일 우리가 육체적인 사랑만을 주장하게 되는 문화적 배경에서 성장했다고 한다면, 신의 완전한 사랑은 모두가 공허한 메아리로 세상을 울릴 것입니다. 그와 마찬가지로 당신 역시 아무 의미 없이 가르침 받은 대로 행동하고 변함없는 삶을 반복할 뿐입니다.

안 그런가요?”

“항상 그런 것은 아니지요. 전 희귀한 것만을 인정하고 싶지만, 사람들은 반대하거나, 다른 생각을 하겠지요.”

“이미 확립된 형태에 대한 반역의 주체가 사상일지는 몰라도, 이는 외형적인 결과일 뿐입니다. 그런 생각과 마음은 아직도 전통과 지식이 진행되는 과정에 붙잡혀 있다는 증거입니다. 이는 보다 편하고 더 좋은 음식물을 얻기 위한, 어느 장소의 철장과 담장 사이에서 일어나는 반란과 같은 것입니다.

그러므로 당신의 마음은 의견과 전통, 지식에 의해서, 또는 사랑에 대한 개념에 따라서 지배받고 있음을 뜻합니다. 이러한 지식이, 당신을 착실한 방법으로 행동하게 하는 원천이 된다는 말입니다. 그 점은 분명하죠?”

“그렇습니다. 선생님. 그 점은 충분히 이해하겠습니다. 그러나 사랑은 무엇일까요?”

“당신이 원하는 바가 사랑이란 용어의 정의라면 사전을 뒤져보면 곧 알 수 있겠지요. 그러나 사랑의 정의가 곧 사랑은 아니잖습니까? 그러므로 당신은 사랑이 무엇인가를 설명하고자 맹목적으로 붙들려 있는 것입니다.”

"사랑이 무엇인가를 질의하는 것조차 옳지 않다는 말씀입니까?"

"그러한 질의와 견해가 다른 자리에서 해답이 가능하다고 보십니까? 바른 질의는 먼저 내려져 있는 결론으로부터 생각이 자유로워야 하고, 지식이 지니고 있는 고정 관념에서 벗어나야 합니다.

이때 한 가지 결론에서 벗어날 수는 있어도, 또 다른 형태에 이르러서는 다시금 옛것에 답습만 묘사할 따름이지요.

자, 그렇다면 사랑이라는 관념은, 하나의 결론에 도달하기 전에 다른 영향으로 옮겨가는 움직임이 아니란 뜻입니다. 제가 하고자 하는 말의 추이를 이해하실 수 있습니까?"

"알 수 있는지, 어떤지조차 구별하기가 매우 힘들군요. 전혀 모르겠는데요?"

"아마도 그럴 것입니다. 그냥 제 말을 따라온 것 같은 느낌이 들 뿐이겠지요. 그렇다면 이런 방법으로 생각해 보면 어떨까요? 생각한다는 것은 질의에 필요한 도구와 같은 것이지요. 그러므로 생각은 사람에게 사랑이 무엇인가를 이해하는데 도움이 될 것 같습니까?"

"제가 생각하기를 꺼려한다면, 무엇 때문에 선생님께 사랑의 정의를 물었겠습니까."

"잠시만 생각을 늦추어 보시기 바랍니다. 여러분들께서도 늘 사랑에 관해 생각해 오셨을 것입니다. 그렇죠?"

"예, 그렇습니다. 저희는 많은 시간을 사랑에 관해 생각하고 책을 통해 읽고 토의하며 지내왔습니다."

"그렇다면 한 가지만 물어보겠습니다. 사랑에 관한 생각을 하셨다고 했는데, 어떻게 하셨다는 말씀인가요?"

"저와 제 친구는 사랑에 관한 책을 읽었고, 그 다음엔 서로 의견을 나누었습니다. 그러고는 자신의 결론을 유추해 냈습니다."

"그런 것이 당신에게 사랑의 의미를 찾는데 유익했다는 말인가요? 책을 읽고, 서로 의견을 나누고 사랑에 관한 분명한 결론을 일컬어 생각한다고 단정할 수 있습니다.

지금 당신은 긍정적이든, 부정적이든 간에 사랑에 관해 설명하고 있는 것만은 사실입니다. 지난날에 배운 것을 토대로 자신의 견해를 덧붙이기도 하면서 말입니다. 그렇죠?"

"그렇습니다. 바로 정확하게 우리가 행하고 있는 바를 지적하셨습니다. 선생님의 말씀은 우리들의 마음을 분명하게 지적해 주셨습니다."

"정말 그렇다고 믿습니까? 한 가지 의견에 더 두터운 벽을 쌓는 형태로 보이지 않았습니까? 소위 명료하다는 것은 언어상의 규명이나 지적인 결론에 이르는 과정입니다."

"옳은 말씀입니다. 그래서 우리는 지난날보다 더 혼란한 마음을 갖고 있는 것입니다."

"말을 바꾸어 보면 불확실한 사랑의 개념이 분명한 모습을 드러내기도 하지요. 그렇다고 생각되지 않습니까?"

"그렇습니다. 사랑이란 문제를 그 전체적인 모습을 놓고 관찰해 보면 그 의미가 분명함을 알 수 있습니다."

　"분명하다는 의미가 과연 사랑의 모습일까요? 아니면 사랑에 대한 당신의 생각에 불과한 것이 아닌가요? 그렇다면 이 문제를 포괄적으로 다루어 보기로 합시다.

　하나의 순수한 심리 과정을, 살핌이라는 낱말로 요약할 수 있습니다. 이는 그와 같은 특별한 용어를 사용하기로 서로가 의견 일치를 보았기 때문이죠. 그러나 '살핀다'라는 말의 뜻이 심리적인 과정 그 자체는 아닙니다.

　그러므로 우리가 사랑이라고 부르기로 의견 일치를 본 감정이나 상태가 잠재해 있음은, 이미 알고 계셨으리라고 생각됩니다. 또한 이런 낱말이 실재의 감정이 아니라는 사실도 상기하시기 바랍니다. 그렇지 않은가요?

　사랑이라는 용어는 이보다 더 많은 다른 의미를 지니고 있음을 주의하시기 바랍니다. 어느 때는 이를 성적인 감정에 묘사하기도 하고, 그러면서 인간적이지 못한 사랑은 진정한 사랑이 아니라고 호언하기도 합니다."

　"선생님, 잠시 말씀을 중단시켜서 죄송합니다. 그와 같은 감정들이란, 모두 같은 곳에서 비롯된 갈래가 아닌가요?"

　"그렇다면 당신에게는 어떻게 보였습니까?"

　"잘 모르겠습니다. 사랑이 한가지로 보이는 경우도 있으나, 어느 순간에는, 전혀 다른 모습으로 보여지는 순간도 있으니까요? 이렇듯 사랑의 모습은 아주 혼란된 빛깔과 같다고 할까요? 사랑은 어느 장소에 어떤 모습으로 오는지 전혀 알 수가 없습니다."

　"바로 그것입니다. 우리가 사랑을 함으로써, 혹은 사랑에 어떤 기둥과 같은 확고함을 만들어 놓고는, 다시 그것으로부터 벗어나려고 이율배반적인 노력을 하지요.

　이를테면 결론에 도달하면 이에 동의하도록 만들고, 여러 가지 이름으로 불리워지면서 특별한 뜻을 갖게 되어, 자신의 사랑에 대한 이야기를 표현하고 싶은 충동을 느끼게 됩니다. 마치 재산이나 가족에 관해 도덕적인 범주를 이야기하듯 말입니다. 그러면서도 우리는 사랑을 안전하게 묶어 놓고서 다시금 방향을 돌리죠.

　그런 다음에는 다른 사람까지도 확실한 것으로 묶어두려고 합니다. 늘 우리가 최소한의 사랑을 갈망하고 있을 때면, 그것은 우리도 모르는 사이에 사라져 버리고 말지요."

　"저로서는 이해하기 어려운 말인데요?"

　"우리가 보고 느껴왔듯이 감정이란 책에서 말하고 있는 정의와는 전혀 뜻이 다르다는 것을 아셔야만 합니다. 감정이란 서술된 설명과도 다릅니다. 또 언어로도 표현될 수 없는, 또 다른 면이 있다는 점을 이해하시겠습니까?"

　"네, 이해할 수 있을 것 같습니다."

　"자, 그럼 당신은 이제 사랑이란 낱말에서 자신의 감정을 따로 분리시킨 다음, 그럴 것이다. 그렇지 않을 것이다라는 당신의 인식에서 떨어져 나왔습니다. 그렇습니까?"

　"떨어져 나온다는 말은 무엇을 뜻하는 것인가요?"

　"감정이 있고, 언어가 있고, 그것을 묘사한 말이 있습니다. 사랑의 말을 받아들였던 받아들이지 않았든 간에 사랑은 우리와 함께 있게 마련이지요. 당신은 이런 언어적 서술에서 사랑의 감정을 따로 떼내어 구분할 수 있습니까?

사물을 묘사한 말에서 물체를 가려내기란 비교적 용이한 일이지요. 그러나 모든 것이 함축되어 있는 사랑이란 단어에서 그런 감정을 분리해 낸다는 것은 보다 많은 열정과 집중을 필요로 합니다.”

“그렇게 하면, 어떤 유익함을 준다는 말씀입니까?”

“우리는 어떤 일을 시작할 때 결과를 얻고 싶어 합니다. 결과만을 바라는 욕망은 이해를 가로막고 추구만을 강요한 나머지, 또 다른 형태를 가져오게 하지요.

당신이 사랑이란 말에서 그런 감정을 분리해 내면, 무슨 유익함이 있을까 하고 자문하는 것은, 결과만을 바라는 마음에 사로잡혀 있다는 증거가 아니겠습니까?”

“전 찾아내고 싶습니다. 사랑이란 말 속에서 감정을 분리하면 나에게 어떤 결과를 줄 것인가를 알고 싶습니다. 이런 생각은 당연한 것이 아닐까요?”

“그럴 겁니다. 당신이 이해를 원한다면, 그것에 집중할 수 있을 것입니다. 마음의 한 부분이 결과만을 바라고 다른 나머지 부분이 이해를 원하고 있다면, 전혀 자신에 집중할 수 없습니다. 이런 방법으로도 집중되지 못하면, 당신의 마음은 더욱 혼란에 빠지고 걷잡을 수 없는 고통을 만나게 됩니다.

또한 사랑의 감정에서 말을 분리시키지 못하면, 본래 말이란 모든 기억의 반응을 일컬음인데 감정으로부터 그런 말의 성격을 파악하지 못한다면, 말은 감정을 파괴해 버립니다. 그러면 말은 불에 탄 재와 같이 아무런 의미도 없게 됩니다. 이런 현상이 당신들 두 사람에게는 일어나지 않았던가요?

여러분 스스로가 자신의 말이 만들어 놓은 함정이나 추측에 빠져 마음의 혼란을 가져왔으므로, 가장 심오하고 생명의 의미를 지닌 유일한 것이 말이라는 사실조차 잊고 있는 것입니다."

"이제서야 선생님의 말씀을 이해할 수 있을 것 같습니다. 이렇듯 인간의 마음은 단순하지 않은데, 우리들은 아무런 노력 없이 결과만을 얻으려 하고 사랑의 진실이 무엇인지도 모르고 떠들고 있을 뿐입니다. 그렇지 않은가요?"

"그렇습니다. 가장 확실한 것은 참된 사랑이 주는 진리입니다. 신을 사랑하는 믿음은 견해나 신앙심이 필요 없는 감정이며, 어떤 추측도 용납해서는 안 됩니다.

만약 당신이 어떤 사실에 대해 견해를 갖고 있다면, 그것은 이미 사실이 아니라 더 중요한 문제로 남게 되지요. 또 진리나 사실에 대한 거짓을 알고자 한다면 지적인 한계에서 머물러서는 안 됩니다. 사실에 대해 많은 지식이나 정보를 가질 수는 있으나 실재와는 전혀 다르다는 것을 아셔야 합니다.

책과 이해, 전통과 권위로부터 초월하십시오. 그런 다음 자아 발견의 여행을 떠나도록 하십시오. 사랑이란 견해나 개념에 붙잡혀 있지 않습니다. 진실한 사랑을 하게 되면, 모든 것이 바르게 이루어집니다.

사랑은 그 자체의 행동을 지니고 있습니다. 당신도 사랑이 가져다주는 삶의 축복을 알게 될 것입니다. 이것이 사랑이고, 저것은 사랑이 아니라고 말하는 사람을 멀리하십시오. 권위를 지닌 사람은 알고 있는 것이 없습니다. 알고 있는 사람도 말할 수 없는 것이, 바로 사랑입니다. 이렇듯 사랑에는 이해가 필요한 것입니다."

"그렇다면 사랑이란 무엇인가요?"

"사랑을 느끼기는 쉬워도 사랑을 정의하기란 매우 어렵습니다. 만일 당신이 물고기에게 바다가 어떠한지를 묻는다면, 물고기는 다음과 같이 말할 것입니다.

'바로 이것이 바다다. 주위가 온통 물이다. 그저 바다는 바다일 따름이다.'

그러나 당신이 바다를 설명해 달라고 굳이 주장한다면, 문제는 정말 어려워집니다. 인생에 있어서 가장 훌륭하고 아름다운 것이 무엇인지는 알 수는 있지만, 그것을 정의하고 묘사하기란 쉬운 일이 아닙니다.

인간의 불행은 삶의 역사가 시작된 이후, 진실하게 표현하고 아름다운 향기가 되기를 염원한 사랑을, 또 우리의 내부에서 행동에까지 실현해야 했던 사랑을 무의미하게 말로만 표현하고 지내온 덧없는 시간의 흐름에 있음을 깨달아야 합니다.

위대한 사랑의 말은 우주 창조와 함께 오랜동안 전래되어 왔습니다. 또한 헤아릴 수 없이 많은 사랑의 노래가 불리워졌고, 신에게 바치는 경건한 음악이 사원과 교회 등에서 지금도 끊임없이 울려 퍼지고 있습니다.

사랑의 이름으로 행해지지 않는 것이 어디에 있습니까? 그러나 인간의 삶에 사랑이 머물 자리가 없습니다. 한편, 인간의 언어를 깊이 탐구해 보면, 사랑이란 단어만큼 진실이 결여된 가식적인 것도 없습니다.

현재의 모든 종교는 그와 같은 사랑을 반복하고 있습니다. 그러나 우리 주위에서 볼 수 있는 사랑이란, 세습적인 불행처럼 인간의 삶 안에서 사랑의 문을 닫아버리는 데만 급급하였습니다.

그러나 많은 사람들은 종교 지도자를 사랑의 창시자로서 숭배합니다. 하지만, 그들은 사랑을 거짓되게 남용하고 있을 뿐입니다. 또 그들은 사랑의 흐름을 멈추게 했습니다. 그런 점에서는 동양과 서양이 다를 바가 없습니다.

인간들만이 느낄 수 있는 사랑의 흐름은, 우리들 곁에서 그 모습을 확연하게 드러내지 않습니다. 그러한 불분명함을 자신의 탓으로 돌리며 삶 속에 사랑의 흐름이 없는 것은, 우리들 스스로 망쳐 놓았기 때문이라고 말하고 있습니다.

또 한편 사랑의 흐름을 정지시킨 원인을 마음의 탓으로 돌리며, 마음의 질을 떨어뜨린 자들이 사랑을 오염시켜 왔다고 절규하고 있습니다. 사실 이 세상에 독이 있는 것은 한 가지도 없습니다. 신의 창조물 중에 무엇 하나 나쁜 것이 없습니다. 모든 것이 감로수입니다.

다만, 인간 자신이 그윽한 감로수를 독약으로 변질시킨 것뿐입
니다. 그리고 그 주된 범인들이란 이른바 스승, 현자, 성인, 정치가
들이라는 사실을 모른다는 데 있습니다.

우리는 이 점을 곰곰이 생각해 보는 것이 좋을 것 같습니다.
만일 이와 같은 병폐가 제대로 이해되지 않고 고쳐지지 않는다면,
현재나 미래에도 우리 인간의 삶에 사랑이 나타날 가능성은, 전혀
없습니다.

아이러니하게도 처음부터 인간에게는 사랑의 씨앗이 없는 줄로
알고, 삶에 사랑이 나타나지 않는 이유를 종교와 문화에서 맹목적
으로 찾아왔던 것입니다. 이렇듯 사랑은 실체가 없는 모습입니다.”

사랑은
내 마음의 꽃밭

너는 겸손하고 청순하여 불꽃같고
너는 상냥하고 밝아서 아침 같고
너는 고고한 나무의 꽃가지 같고
너는 조용히 솟는 샘물 같다.

조각가가 돌을 새기는 작업을 하고 있었습니다. 그곳에 관심 있는 한 사람이 석상이 어떻게 만들어지는가를 보기 위해 찾아왔습니다. 그러나 단지 여기저기에 끌과 망치로 깎여진 돌만 보일 뿐 석상의 모습은 보이지 않았습니다.

그 남자가 물었습니다.

"당신은 석상을 만들려는 거지요? 나는 석상이 만들어지는 것을 보러왔으나, 당신은 그냥 돌만을 깎고 있는 것처럼 보이는군요."

그러자 예술가는 말했습니다.

"석상은 이미 나의 내부에 그 모습이 숨겨져 있습니다. 그것을 그대로 만들 필요는 없습니다. 다만, 그 상에 붙어 있는 불필요한 돌덩어리를 떼어놓지 않으면 안 됩니다. 그러면 상은 저절로 모습을 나타내지요."

그것은 발견되는 과정입니다. 다만 덮개가 벗겨져 모습이 드러나는 것뿐입니다.

사랑은 인간의 내부에 갇혀 있습니다. 그것은 해방되는 것을 필요로 하고 있을 뿐입니다. 문제는 사람을 어떻게 만들어내는가가 아니라, 그 인격을 어떻게 드러내는가 하는 데 있습니다. 그렇다면, 무엇으로 우리의 내부가 가려져 있는 것일까요?

의사에게 건강이 무엇인지 한 번 물어보시기 바랍니다. 매우 이상한 일이지만, 세상의 어느 의사도 건강이 무엇인지 확실하게 대답할 수 없다는데 놀랄 것입니다.

그는 의사이지만 건강에 대해서는 아무것도 모릅니다.

대다수의 의사는 병이 전혀 없을 때의 상태가, 곧 건강이라고 말할 수밖에 없습니다. 이는 건강이 인간의 내부에 숨어 있기 때문입니다.

건강은 인간의 상식과 정의를 벗어나 있습니다. 또 병은 밖에서 찾아옴으로, 그것을 정의할 수가 없습니다. 건강은 설명되는 것을 거부하므로 병이 없는 상태를 건강이라고 정의할 수 있습니다. 그러므로 건강은 조작하거나 만들어낼 필요가 없습니다.

건강은 병에 의해 숨겨져 있던가, 혹은 병이 없어지거나 치료될 때에는 저절로 나타나든가 하는, 그 어느 쪽이기 때문입니다. 건강은 우리 내부에 있습니다. 건강은 우리의 천성입니다.

사랑 또한 우리의 내부에 있습니다. 사랑은 우리의 고유한 천성입니다. 인간에게 사랑을 만들어내라고 요구하는 것은 근본적으로 잘못인 것입니다.

문제는 어떻게 사랑을 만들어 내는가가 아니라, 왜 그것을 나타낼 수 없는가, 그 이유를 어떻게 연구하여 찾아낼 수 있을까 하는 데 있습니다.

무엇이 방해물인가? 무엇이 어려움인가? 그것을 가로막는 장애물은 어디에 있는가 하는 문제 말입니다.

방해물이 없으면 사랑은 자연스럽게 그 모습을 드러낼 것입니다. 그것을 설득하거나 인도할 필요가 없습니다. 만일 그릇된 문화와 타락되고 유해한 전통이 방해하고 있지만 않는다면, 모든 인간은 사랑으로 가득 찰 것입니다.

어떠한 것도 사랑을 억누를 수 없으며 사랑을 도피시킬 수 없기 때문입니다. 사랑은 우리의 천성입니다.

갠지스강은 먼 히말라야로부터 흐르고 있습니다. 그것은 물로서 흘러갈 뿐입니다. 흐르는 물은 성직자에게 바다로 가는 길을 묻지 않습니다.

당신은 강이 갈림길에 멈춰서서 교통 경찰관에게 바다로 가려면 어디로 가는가 하고 묻고 있는 모습을 본 적이 있습니까?

하지만 강은 바다가 얼마나 먼 곳에 있는지, 어디에 숨어 있는지 간에 틀림없이 자기의 갈 길을 찾아낼 것입니다. 그것은 필연적이기 때문입니다.

인간들의 만족할 줄 모르는 욕망과 힘, 그 에너지는 우리 마음의 흐름의 강 중심에 있습니다. 그러나 인간에 의해 흐르는 강의 앞길에 장애물이 던져졌다면, 어떻게 되겠습니까?

즉 인간에 의해 인위적으로 댐이 세워졌다면 말입니다. 그러나 강은 그 장애물을 뚫고 나갈 수 있는 힘이 있습니다. 결과적으로 그것들은 강가에 있어 아무런 장애물도 아닙니다. 강에게는 끝없이 흐르고자 하는 본성이 있기 때문입니다.

그러나 만일 인공의 장애물이 만들어진다면, 강을 가로질러 거대한 댐이 세워진다면, 강은 바다에 가 닿을 수 없을 것입니다.

이렇듯 만물 중에서 가장 슬기로운 존재인 인간이 마음만 먹는다면, 강이 바다에 도달하지 못 하게 할 수도 있습니다.

자연은 통일과 조화로 이루어져 있습니다. 자연의 장애물, 지연의 모습에 나타나 있는 상반된 본성은 에너지를 일으키기 위한 도전입니다.

그것은 내부에 잠재해 있는 것을 불러일으키는 나팔의 구실을 다하고 있습니다. 그러므로 자연에 대한 부조화不調和는 있을 수 없습니다.

우리가 씨앗을 뿌리면 덮고 있는 흙이 씨앗을 짓누르고 있는 것처럼 보일 수 있고, 또 씨앗이 자라는데 장애물인 것처럼 보일 수도 있습니다.

그러나 실제로는 그 덮고 있는 흙은 장애물이 아닌 보호자입니다. 흙이 없으면 씨앗은 싹틀 수가 없습니다.

흙이 씨앗을 덮고 있으므로 해서 분해되어 작은 나무로 변형시킬 수 있는 생명력을 키우게 됩니다.

겉으로 보기에는 마치 흙이 씨앗을 질식시키고 있는 것처럼 보이지만, 흙은 친구로서의 의무를 다하고 있을 뿐입니다. 그것을 우리는 인상적 작용이라고 말합니다.

만일 씨앗이 제대로 자라지 않으면, 우리는 흙이 적합하지 않다거나 충분한 수분을 흡수하지 못했다거나, 혹은 햇빛을 받지 않았을지도 모른다고 추측합니다. 이처럼 우리는 씨앗을 조금도 나무라지 않습니다.

그러나 인간의 삶에 꽃이 피지 않으면, 우리는 그 자신에게 책임이 있다고 말합니다.

아무도 저질의 비료나 물의 부족, 햇빛의 부족에 관해 생각하지 않습니다. 하지만, 인간은 그 자신이 나쁘다고 비난을 받습니다.

그리하여 인간이라는 나무는 싹 트지 않은 상태에 머물러 있으며, 흙처럼 우정이 없는 곳에서 꽃피는 단계에 이르지 못하고 있는 것입니다. 그리하여 비극적인 존재로 취급받게 됩니다.

자연은 율동적인 조화입니다. 그러나 인간이 자연에 강요한 인공적인 것, 자연에 반하여 공작된 것, 삶의 흐름 속에 던져진 기계의 발명은 많은 곳에 장애물을 만들어내어, 그 흐름을 막아버리는 결과를 가져오고 말았습니다. 그러고는 '인간이 나쁘다.'고 비난하고 있습니다.

나는 기본적인 장애물은 인간에 의해 만들어진 것들이라는 사실에 당신들의 주의를 돌리고 싶습니다. 그렇지 않으면 사람의 강은 자유로이 흘러서 신의 바다에 이를 것이 분명하기 때문입니다.

사람은 어머니의 자궁에서 태어나면서부터 그 내부에 다시 숨어 있게 마련입니다. 만일 깨달음으로써 장애가 제거된 사람은 흐를 수 있습니다.

그러면 사랑은 신에게 닿을 정도까지 승화될 것입니다.

이러한 인공적인 장애에는, 어떤 것이 있을까요?

첫째, 가장 두드러진 장애는 성에 대한 거부, 열정에 대한 비난입니다. 바로 이것이 인간의 내부에서 사랑이 탄생할 가능성을 파괴시켜 왔던 것입니다.

평범한 진리란, 성은 사랑의 출발점이라는 믿음입니다. 또 성은 사랑에 이르는 여로의 시작이며, 사랑의 기원은 성이고 열정에 있습니다.

하지만 대부분의 사람들은 성을 인간의 적으로 대해 왔습니다. 모든 문화와 종교, 성직자와 선각자들은 이 원천을 맹렬히 공격해 왔습니다. 이렇듯 성은 억눌린 채로 끊임없이 흘러왔던 것입니다.

범인을 쫓는 고함 소리는 언제나 한결같았습니다.

'성은 죄악이다. 성은 비종교적이다. 성에는 독이 있다.'라고 말입니다.

그러나 우리는 삶의 여행을 하면서 사랑의 바다에 도달하는 것이 궁극적으로 성 에너지 자체라는 사실을 알지 못하는 것 같습니다.

사랑은 성 에너지가 변형된 것입니다. 성이라는 씨앗으로부터 사랑의 꽃이 피어난다는 사실을 잊어서는 안 됩니다.

석탄을 보시기 바랍니다.

석탄의 변형이 바로 다이아몬드라는 사실을, 당신은 전혀 생각지 못할 것입니다. 석탄 덩어리 속에 있는 성분은 다이아몬드에 있는 것과 똑같습니다.

본질적으로 그 둘 사이에는 차이가 없습니다. 수 천 년에 걸친 과정을 지나 석탄이 다이아몬드로 변화된 것뿐입니다.

그러나 석탄은 중요하게 여겨지지 않습니다. 석탄이 집안에서 땔감으로 보관될 때, 그것은 사람들의 눈에 잘 띄지 않는 곳에 저장되는 반면, 다이아몬드는 누구에게나 잘 보이도록 목이나 가슴에 걸칩니다.

다이아몬드와 석탄은 똑같습니다. 그것은 같은 성분의 두 갈래의 여로이기 때문입니다.

만일 당신이 첫눈에 검은 매연밖에 주는 것이 없다는 이유로 석탄을 멀리한다면, 바로 거기에서 석탄이 다이아몬드로 변형될 수 있는 가능성은 끝나버립니다. 이렇듯 우리는 표면적인 이유 때문에 석탄을 싫어합니다.

그렇기 때문에, 그것이 발전할 수 있는 어떠한 가능성도 끊어지고 만다는, 사실을 우리는 잊고 있는 것입니다.

성 에너지만이 사랑으로 꽃필 수 있는 가능성입니다. 그러나 인류의 위대한 사상가들을 포함하여, 모든 사람들이 반대하여 왔고, 지금도 반대하고 있습니다.

이러한 반대 때문에 씨앗은 싹틀 수가 없고, 또 사랑의 궁전은 그 기초에서 파괴되어 버립니다. 성에 대한 적의는 사랑의 가능성을 끊임없이 파괴시켜 왔던 것입니다.

이와 같이 석탄은 끝내 다이아몬드가 될 수 없었던 것입니다.

근본적으로 잘못된 생각 때문에 성을 인정하고, 그것을 발전시키고 변형시키는 과정의 필요성을, 그 누구도 절실하게 느끼지 않습니다. 이처럼 사랑과 끊임없이 싸우고 있는 인간이, 어떻게 성을 변형시킬 수 있겠습니까?

인간은 자신의 에너지와 싸우도록 강요되어 왔습니다. 또 인간은 자신의 성 에너지와 싸우도록, 또한 성 충동에 반대하도록, 오랜 세월에 걸쳐 가르쳐져 왔던 것입니다.

"성욕은 독이다. 그러므로 그것과 싸워야 한다."

인간은 이와 같은 억압된 소리 속에서 가르침을 받고 자라 온 것입니다.

마음은 인간의 내부에 존재합니다. 성 또한, 인간의 내부에 존재하고 있습니다. 그럼에도 인간은 내적 갈등에서 자유로워지도록 기대하고 있습니다.

조화 있는 존재가 되기 위해서는 성과 싸워야 하고, 또 한편으로는 화해도 해야만 된다고 목소리를 높이고 있습니다. 그들은 인간을 미치게 만들고, 한편으로는 미친 자들을 감금시키기 위한 수용소를 짓습니다. 또 그들은 병균을 퍼뜨려 놓고서는 병을 치료할 병원을 세웁니다.

또 하나 고려해야 할 중요한 사항은 결코, 인간을 성에서 떼어놓을 수 없다는 사실입니다. 성은 인간의 원초적인 지점입니다.

인간이 성에서 태어났음을 누구도 부인할 수 없습니다. 그래서 신은 성 에너지를 창조의 출발점으로 삼았던 것입니다.

그리하여 위대한 인간들은 신이 죄라고 말하고 있는 이유입니다. 만일 신이 성을 죄라고 간주한다면, 이 우주에서 이 세계에서 신보다 더 큰 죄는 없을 것입니다.

당신은 꽃이 피고 있는 상태를 열정의 표현이며, 그것은 성적인 행위와도 같다고 이해한 적은 없습니까?

공작은 아주 아름답게 춤을 춥니다. 시인은 그 아름다움을 노래할 것이며, 성자 또한 기쁨으로 신의 은총을 찬미할 것입니다. 그러나 공작에게 있어 그 춤은 열정의 공공연한 표현이고 성적인 행위인 것입니다.

소년은 자라 청년이 되고, 소녀는 여인으로 성장합니다. 이와 같은 과정은 무엇을 뜻하는 것일까요? 이는 모두 사랑의 성 에너지의 표현입니다. 또한 이 사랑의 표시들은 성의 변형된 표현이기도 합니다. 성을 긍정하는 엄연한 증거입니다.

한 인간의 생애를 통한 모든 사랑의 행위, 태도와 그 충동은 원초적인 성 에너지의 개화인 것입니다.

종교와 문화는 성에 반대하도록 인간의 마음속에 독을 삽입시켰습니다. 그리하여 그것은 갈등과 인류의 전쟁을 야기시키는 계기를 마련했고, 인간을 자신의 원초적인 에너지와의 투쟁으로 몰아넣었던 것입니다.

마침내 인간은 황폐해져서 약하고, 둔감하고, 거칠고, 사랑이 없는 공허로 가득 차게 되었습니다. 그러므로 성에 대해 적의를 가질 것이 아니라 우정을 가져야만 합니다.

성이 보다 순수하고 높은 곳으로 끌어올려질 때, 비로소 인간에게 희망을 보여줍니다.

막 결혼한 한 쌍의 남녀를 축복하면서 성직자가 신부에게 당부의 말을 합니다.

"열 아이의 어머니가 되고, 또 마지막으로 그대의 남편이 열한 번째 아이가 되도록 하시오."

열정이 변형되어 아이를 갖게 되면 신부는 어머니가 됩니다.

이처럼 성욕이 초월 되면 성은 사랑이 될 수 있습니다. 오직 성 에너지만이 사랑의 힘으로 꽃필 수 있습니다.

그러나 우리는 인간을 성에 대한 적대감으로 족쇄처럼 채워버렸고, 그 결과 사랑은 꽃필 수가 없었던 것입니다.

하지만 그 뒤에 오는 것, 사랑의 물줄기는 강한 저항 때문에 흘러가지 못하게 되는 것입니다.

한편으로 성은 우리의 내부에서 물결치고 있으며, 의식은 성적

상태로 진흙투성이가 되어 더 격렬하게 변모되어 가고 있습니다.

우리의 노래, 시, 그림, 그리고 사원에 있는 상은 모두 성을 중심으로 해서 만들어져 있습니다. 그것은 우리의 마음이 성의 주위를 맴돌기 때문입니다.

이 세계의 어떠한 동물도 인간만큼 성적이지는 못합니다. 인간은 어느 곳에 있던지. 자나 깨나 순간순간을 성에서 떠날 수 없는 존재입니다.

이런 성에 대한 적의 때문에, 반대와 억압 때문에 인간은 내부에서 부패 되어가고 있는 것입니다. 인간은 삶의 근원적인 굴레로부터 결코 벗어날 수 없습니다. 그리고 그 끊임없는 내적 갈등으로 하여 신경증까지 걸리지 않으면 안 되었습니다.

이렇듯 인간은 치유할 수 없는 만성병에 걸려 있는 것입니다. 치료될 수 없는 성적인 상태는 어느 누구보다도 지도자들과 성식자들에 책임이 있습니다.

이렇듯 인간은 교사, 도덕적, 종교적 지도자들로부터, 그들의 거짓 학문과 설교로부터 벗어나지 않는 한, 우리의 내부에 사랑이 나타날 가능성은 전혀 없습니다.

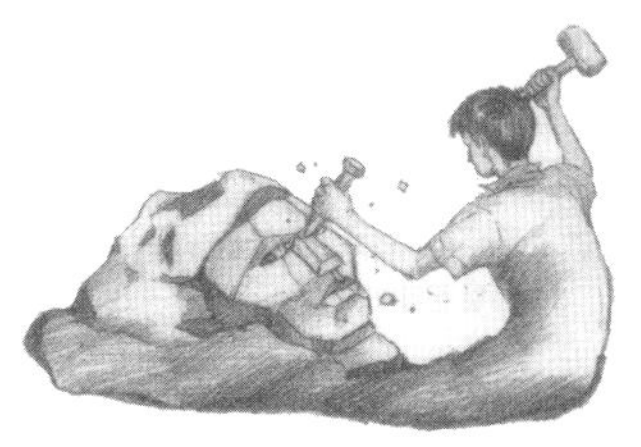

욕망이라는 섬이
사랑의 바다에 둘러싸여 있다면
그것은 종교와 같은 것이다.

욕망

욕망은 결코 채워지는 법이 없다.
그것은 본성으로 해서 채워지는 것이 아니다.
그러나 아주 작은 욕망은 채워질 수 있다.
하지만, 또 다른 몇천이나 되는, 다른 욕망이 생겨난다.
욕망이란 것은 한 번 무엇인가를 쫓았다 하면,
결코 멈출 수 없는 무지개와 같다.
그러나 당신이 욕망을 이해하게 되면
바로 지금이라도 멈출 수가 있다.

욕망

밤마다 나의 욕망은 너를 바라본다.
희망은 성급히 움직여 불안한 예감 속에서
벌써 금빛 나무 열매를 딴다.

밝은 대낮에 도시와 거리를 지나며
구름과 인간의 얼굴을 보아라.
그러면 너는 놀라움 속에서 깨달을 것이다.
그것이 바로 너의 것이고, 네가 그의 작가라는 사실을!
너의 이성 앞에서
무분별한 삶을 가지고 방황하는 것은
모두 너의 것, 네 내부의 욕망이다.

결과라는 것은, 갈망했을 때 찾아오는 것
진행이라는 것은
당신이 그것에 대하여 아무 생각도 하지 않을 때 다가온다.
아무런 욕망도 갖지 않는다.
그것에 대해 생각하는 일조차 없다.

왜냐하면 기다림 속에 욕망이 깃들어 있기 때문이다.

당신이 행복하게 지내고 싶다면 욕망 없이는 이루어질 수 없다.
만일, 당신이 보통 사람으로 있고 싶다 하더라도
욕망 없이는 이루어질 수 없다.
당신이 누군가를 사랑하고 사랑받고 싶다면
욕망 없이는 불가능하다.
그러므로 당신들은 욕망의 개념을 이해할 수 있을 것이다.
그것은 그저 예사롭고
건강하고
깨어있고
전체적으로
합리적인 본성이다.

지옥이란 것은
불가능한, 부자연한 노력의 결말 이외의 다른 것이 아니다.
천국이란
자연스럽게 있는 것. 이외에 다른 것이 아니다.

욕망으로 불타는 마음을 가졌다면 진실한 사랑을 할 수 없다.
그것은 불가능하다.
자기의 욕망을 채우지 않으면 안 되기 때문이다.

그는 사랑을 위하여, 모든 것을 희생하지 않으면 안 된다.

또한 그는 자기의 사랑을 계속 희생한다.

야심가들을 보라.

만일 그가 돈에 대한 욕망에 뒤집혀 있다면

그들은 언제나 사랑을 다음으로 미룬다.

큰돈을 모은 다음에는 사랑을 하게 될지도 모른다.

그러나 지금은 사랑이 불가능하다.

당장에 그들은 그런 여유가 없다.

욕망

그것은 돈일 수도 있다.

그것은 능력일 수도 있다.

자유일 수도 있다. 권력일 수도 있다.

이렇듯 욕망은 미래 속에 존재한다.

욕망에 불타는 마음은 편안할 수 없다.

언제나 정신없이 뛰고 있을 뿐이다.

어떻게 뛰고 있는 사람을 사랑할 수 있겠는가?

그는 늘 달리고 있는 중이다.

경기 중이다.

여가 따위는 있을 수 없다.

어쩌면 그의 생각으로는, 언제인가 목표를 달성하고

자기가 찾는 힘을, 자기가 바라는 힘을 얻게 되면
그때는 조였던 마음을 풀고 사랑을 하려고 생각할는지 모른다.
그러나 결코 그런 일은 일어나지 않는다.
그 목표는 결코 달성될 수 없기 때문이다.

욕망은 결코 채워지는 법이 없다.
그것은 본성으로 해서 채워지는 것이 아니다.
그러나 아주 작은 욕망은 채워질 수 있다.
하지만, 또 다른
몇천이나 되는 다른 욕망이 거기서 생겨난다.
욕망이라는 것은
한 번 쫓았다 하면 결코 멈출 수 없는 무지개와 같다.
그러나 당신이 이것을 이해하게 되면
바로, 지금이라도 멈출 수가 있다.

욕망이라는 것은, 한 번 좋았다 하면
결코 멈출 수 없는 무지개와 같다.
그러나 당신이 이해하게 되면 멈출 수 있다.

우리는 자신의 욕망에, 너무 급급한 나머지
눈앞의 쾌락만을 탐내게 되어,
결국에는 향락의 의미를 인식하는 습관을 잃어버린다.

그 결과 즐거운 대화의 의미라던가
자연의 맥박 속으로
우리의 존재가 깊이 침잠해 버린다던가
여러 가지 인간적 탐구라든가
생의 경이와 오묘함이라든가
과거와 머릿속에
현재가 신비하게 융합되는 순간을 경험할 수 없다.

'나는 우주 속으로 녹아들고 싶다는 강한 욕망을 가지고 있습니다. 그런데, 나는 여전히 따로따로인 개체에 불과하여 불안하고 머물 곳이 없습니다. 왜 그럴까요? 무엇이, 나를 붙들고 있는 걸까요? 어떻게 하면 합리적인 삶을 살 수 있을까요?'

당신을 붙들고 있는 것은
바로 욕망이란 것이다.
우주 속으로 녹아들고 싶다는, 그 강한 욕망이
당신을 우주와 따로따로 떼어놓고 있는 것이다.
그 욕망을 버려라.
그렇게 하면 융합이 있을 것이다.

당신이 바라고 있는 그것은 무엇인가?
그 강한 욕망이라는 것은, 누구에게 속해 있는가?

강한 욕망은 강한 자아自我를 낳는다.
그리고 억압을

욕망은 장벽이다.
부디 그 욕망을 떨쳐버리고
그리고 잠깐 주위를 둘러보아라.

나는 누구인가?
존재하는 것은 신이다.
당신이 아니다.
자기라는 따위는 허구의 개념
하나의 생각, 머릿속의 작은 거품에 불과하다.
비눗방울이다.
그 이상의 아무것도 아니다.
그리고 만일, 너무나 강렬한 욕망을 지니고 있거나 하면
무엇 하나 일어날 수가 없다.
그저 공기가 뜨거워지고
뜨거운 비눗방울이 생겨날 뿐이다.
그저 그뿐이다.
머리를 식혀라
그리고 주위를 둘러보라
당신은 줄곧 그 깊이를 알 수 없는

욕망의 바닷속에 있을 뿐이다.

욕망은 마음을 흐리게 만든다.
욕망이 당신의 주위에 불행의 연기를 피운다.
연막이다.
그렇게 되면, 내가 어디에 있는지를 모르게 된다.

종교적 인간은, 어떠한 욕망도 갖고 있지 않다.
욕망이라는 것은
종교적인 인간이 버려야 할 첫째 조건이다.
왜냐하면 욕망이라는 것은
당신이 미래에도 존재한다는 의미이며
종교적 인간이라는 것은 '지금 여기' 있다는 표현에 불과하다.
항상 당신들은 욕망의 집에 갇혀 살고 있다.
그러나 당신들의 욕망에 대한 개념은
벽을 연상케 한다.
어떻게 욕망의 벽 속에서 살 수 있겠는가?
죽음은 삶의 일부이고

욕망은 사랑의 리듬이다.

욕망이라는 섬이
사랑의 바다에 둘러싸여 있다면
그것은 종교와 같은 것이다.

욕망이라는 것은
실존 속에 내재해 있는
하나의 깊은 집중이다.

인간이란 참으로 기막힌 존재다.
인간은 각각 특수한 자기를 가진 개인적 존재이지만,
우연에 의해서 한없이 증가된 산물이다.
인간은 만물 중에 가장 위대한 기적이다.
하지만 개인으로 볼 때는 하나의 모래알이나 다름없다.
그러나 단순한 이기주의와 허망한 욕망을 확대시키기 위해
자신이 갖고 있는 온갖 요소를 낭비하려고 한다.

인간은 자신이 원하는 것이라면, 모두 얻을 수 있다.
그래서 화를 내게 된다.
인간은 자신의 능력으로 이룰 수 없는 것에 마음을 기울인다.
그러므로 실패하게 된다.

우리는 타인을 자기 뜻대로 부리려고 하지만
자기 자신은 남의 말을 들으려고 하지 않는다.
그러니까 거만한 마음이 생기게 되는 것이다.

그릇된 욕망이 우리의 가치를 지배하고 더럽힌다.
인간의 그릇된 욕망은 우리를 빗나가게 하고
우리에게서 진정한 탐구 정신을 빼앗고, 조화감을 파괴하고
생활의 가치와 질서를 말살한다.
그릇된 욕망은 기쁨을 잃게 한다.

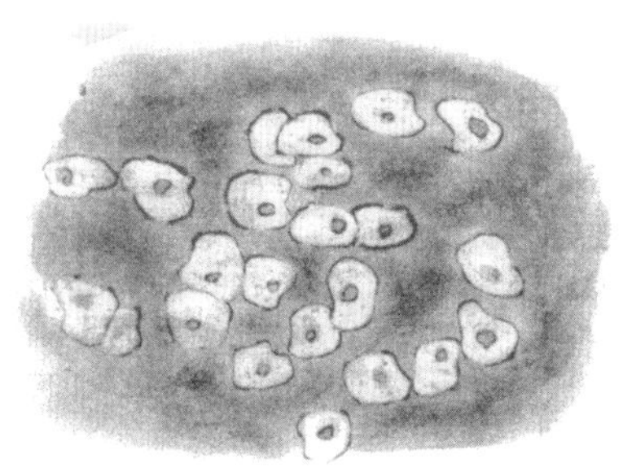

욕망이라는 병

욕망의 시선은 순수하지 못하고, 언제나 비뚤어진 것이다.

우리가 아무것도 탐하지 않는 곳에서 만이, 우리의 관찰이 순수한 관찰이 될 때에, 비로소 사물의 영혼이 아름답게 전개되는 것이다.

내가 살려고 하거나, 경작해 보려고 하거나, 벌목하려고 하거나, 그곳에서 사냥을 즐기려고 산을 바라볼 경우, 우리는 산을 바라보는 것이 아니라, 우리의 욕망에 대한 계획과 근심, 혹은 경제 사정에 대한 관계만을 찾게 되는 것이다.

그런 경우 산은 나무로 뒤덮여 있기도 하고, 젊고 싱싱하거나, 아니면 쓸모없는 황폐한, 병약한 모습으로 보일 것이다.

그러나 우리가 그 산에서 아무것도 바라지 않는다면, 아무런 근심 걱정 없이 그 푸른 심연을 바라볼 수 있다. 그때서야 산은 비로소 산림이고, 아름다운 모습으로 나타날 것이다.

우리 인간의 얼굴들도 그러하다. 우리가 어떤 욕구나 목적, 두려움이나 희망, 혹은 의도를 지니고 바라보는 인간의 모습은 정직하게 보이지 않으며, 욕망의 불투명한 반영에 불과하다. 의식적이든 무의식적이든 간에, 우리는 그 사람을 조바심과 의구심으로 바라보게 될 뿐이다.

즉, 그와 가까이할 수 있을까? 그녀는 오만한 여자일까? 그는 나를 호의적으로 생각할까? 그의 도움을 받을 수 있을까? 그녀는 예술을 이해해 줄 수 있을까 등등…. 이러한 바램과 의문을 지닌 채 부딪치게 되는 사람들을 바라보는 것이다.

그리고 그들의 인품이나 모습, 거동에서 우리의 의도에 어울리거나 모순된 점을 풀이해 낼 수 있다면 세상사를 터득한 듯이, 심리학자라도 된 듯이 자만해진다.

이러한 견해는 아주 비천한 관점이라고 할 수 있다. 또한 이러한 태도는 자신이 비천한 심성의 소유자라는 것을 드러내는 일이다.

욕망이 사그라들고 순수한 관찰이 관조와 몰두로 승화되는 순간에는 모든 것이 달라진다. 그때, 우리는 불순한 사고와 행위를 멈추게 된다. 그와 동시에 우리가 자연과 함께하면 순수한 관조의 대상처럼 아름다워지고 신비로운 존재로 변모한다.

왜냐하면 관찰이란 연구나 비판이 아니기 때문이다. 관조란 바로 사랑이다. 관조는 우리의 영혼의 가장 숭고하고 바람직한 상태로서 욕망이 없는 사랑이라고 할 수 있다.

우리가 이러한 상태에 도달하게 될 때, 그것이 얼마나 오랫동안 지속되든 간에 지난날과는 전혀, 다른 인간으로 변모된다. 인간은 욕망의 반영이 아니라, 자연 그 자체인 것이다.

아름다움과 추함, 노쇠와 젊음, 선과 악이 더 이상 대립적이 아니며, 모든 사람이 아름답고 신비롭게 변모되는 것이다. 어느 누구도 더 이상 멸시당하거나, 증오 당하거나, 오해를 당하지 않는 자연의 모습을 볼 수 있다.

면밀한 관점에서 볼 때, 자연이란 불멸 생성하는 생명이 변화하여 나타나는 현상이듯, 인간이 지닌 특별한 역할과 임무는 영혼을 그려내는 일이라 할 수 있다.

영혼이란 인간적인 것이냐, 아니면 동식물적인 것이냐고 그 원인을 따지는 것은 무용한 일이다. 영혼은 도처에 있으며, 어디에서나 요구할 수 있고, 예감될 수 있는 것이다.

우리가 돌이 아닌 동물을 운동체로 보고 느끼고 있듯이, 우리는 자신에게서 영혼을 찾고 있다. 또한 우리는 가장 분명하게 존재하고, 괴로워하고 생동하는 곳에서 영혼의 모습을 보고자 노력하는 것이다.

그리고 인간만이 유일하게 문명화의 길을 걸어왔듯이, 이제 영혼을 더 높은 곳으로 끌어올리려는 존재로 믿게 되었다.

그러므로 인간 세계는 영혼이 자리잡고 있는 곳이라 할 수 있다. 우리가 산과 암벽에서 중압의 근원적인 힘을 느끼고, 동물에게서는 운동성과 무엇인가를 추구하는 자유로운 힘을 보면서 사랑을 느끼는 것처럼, 이 모든 것을 간직하고 있는 인간에게서는 무엇보다도 영혼이라고 하는 생명의 형식과 발현 가능성을 보게 된다.

이것이 바로 수많은 생명의 빛 중에서 가장 큰 빛이며, 또한 특별히 선택된 빛, 가장 발전된 빛으로 궁극적인 목표로 보이게 되는 것이다.

왜냐하면 우리가 유물론적이거나 유심론적이거나, 또 다른 어떤 방법으로 생각하더라도 마찬가지이며, 영혼을 불멸의 것으로 보거나 사멸되는 것으로 보더라도 결국은 동일하다.

인간은 영혼을 인식하고 높이 평가하고 있다. 그리하여 영혼이 깃든 시선, 예술, 발현은 가장 숭고하며 가치 있는 단계이자, 동시에 모든 유기적 생명의 물결이라고 하겠다.

그러므로 사회적 동물인 인간에게는 함께 생활하고 있는 가족이나 동료들이 가장 귀하고 가치 있는 최고의 대상이라고 말할 수 있다. 모든 사람들은 이 자명한 가치의 평가를 자연스럽게 행하는 것은 아니다.

청년 시절에 나는 사람들보다는 자연 풍경과 예술 작품에 더 가깝고 친숙해져 있었다. 심지어 몇 년 동안은 공기와 대지, 물과 나무와 산, 그리고 동물들만이 등장하는 문학작품에 탐닉하며 작가의 꿈을 꾸기도 했다.

나를 포함한 인간은 영혼의 궤도에서 완전히 이탈되어 욕망에 지배를 당하고 있으며, 거칠고 야비한 동물적 본성으로 원시적인 목적을 추구하고 자질구레한 욕망에 시달리는 존재로만 생각했다.

그래서 영혼이 흐르는 인간은 소외되어 사라져 가는 것이며, 영혼에 이르는 길은 다른 어떤 것, 즉 자연에서 찾아야만 한다는 그릇된 관념이 일시적이나마 나를 지배했던 것이다.

우연히 알게 되었고, 전혀 어떤 물질적인 것을 필요로 하지 않는 평범한 두 사람이 어떻게 행동하는가를 한 번쯤 관찰해 볼 기회가 있다면, 우리는 육감적으로 두 사람이 강압적인 분위기 속에서 보호적인 장벽과 자기방어적인 막으로 둘러싸여 있다는 것을 느끼게 될 것이다.

즉, 모든 사람은 비본질적인 목적을 겨냥하고 있으며, 영적인 것으로부터의 전향과 두려움과 여러 가지 바램으로 짜여진 감정의 그물로 둘러싸여 있다는 것을 알 수 있다.

영혼이란 거론되어서도 안 되며 두려움과 부끄러움의 높은 울타리로 둘러싸여져 있어야 하는 것으로 보이게 마련이다.

어떠한 욕망도 없고 바램이 없는 사랑만이 그물을 찢어버릴 수 있다. 그리고 이 그물이 찢어지는 곳에서 영혼이 흐르고 있음을 깨닫게 될 것이다.

전철 안에서 우연히 알게 된 두 젊은이가 서로 인사하는 장면을 눈여겨 보기 바란다. 그들이 나누는 인사는 어색하리만큼 비극적이라고 표현해도 과장은 아니다. 이 허물 없는 두 사람은 낯설고 냉랭

한 먼 원방에서, 항상 얼음으로 뒤덮여 있는 양극 지방에서 처음 만나 인사를 나누는 것처럼 어설퍼 보인다.

이러한 그들의 태도는 오만과 불신과 냉정의 성에 갇혀서 홀로 살아가는 것과도 비슷하다. 또한 그들이 나누는 대화란 완전한 넌센스라고 할 수 있다.

그들의 겉모습을 관찰해 보면, 두 사람의 표정은 영혼이 없는 석회질로 변해 버린 불가사의한 상형문자와 같으며, 여기에서 끊임없이 생성하고 부서지는 얼음 조각들처럼, 우리들에게 달라붙는 괴리된 슬픔을 맛보게 될 것이다.

일상적인 이야기를 통해 자신의 영혼을 표현하는 사람들은 매우 드물다. 한편, 그런 사람은 시인보다도 순수하며, 거의 성자의 경지에 이르렀다고 할 수 있다.

미개인들이 만나 나누는 인사를 통해 우리는 문명인들에게서 보다 더 영적인 모습을 엿볼 수 있다. 그러나 우리가 찾고 원하는 영혼은 그런 모습이 아니다.

아직 인간적인 소외감도 느껴 보지 못하고, 산을 잃는, 기계 문명 속의 고뇌도 모르는, 미개인들의 영혼은 참으로 소박하고 그만큼 유치하기도 하고 사랑스럽기도 하지만, 우리의 목적은 아니다.

전철 안에 앉아 있는 두 젊은이들에게 다시 시선을 돌려 보기로 하자. 이제는 두 사람의 태도로 보아 많은 진전이 있음을 알 수 있다.

하지만, 그들은 자신의 영혼을 나타내고 있지 않으며 영적인 체험조차도 없음을 태도에서 엿볼 수 있다. 그들은 조직화 된 바램과 욕구, 계획과 의도로 짜여져 있는 획일적인 상품과도 같은 존재로 보인다.

그들은 돈과 기계, 불신의 세계 속에서 자신의 영혼마저 잃어버렸던 것이다. 이제 그들은 잃어버린 영혼을 찾아야 하며, 만일 이 일을 게을리하면 병약해지고 괴로움에 빠지게 될 것이다.

그러나 그들이 소유하게 될 영혼은 잃어버린 소아적小我的인 것이 아니라 섬세하고, 보다 더 개성적이며 자유롭고 책임 능력이 있는 영혼과 만나게 될 것이다.

그리하여 우리는 분별력이 낮은 어린아이나 미개인으로 되돌아가서는 안 되며, 개성과 책임 의식과 자유의 세계로 발전해 나아가야 한다.

지금 두 젊은이가 나누고 있는 의식적인 대화는 황량하기 그지없다. 그들의 말은 정중하긴 하지만, 음조는 서로 간의 언짢음을 나타내지 않으려는 듯 이상스럽게도 짧고 절제적이다.

그들의 대화에는 다툴 만한 근거가 전혀 없으며, 나쁜 생각을 지니고 있지 않아 보이지만, 표정과 음조는 차가우며, 너무나 현실적이고 사무적이었다.

"앉아도 되겠습니까?"

"앉으시죠."

이런 대화가 오갈 때 금발의 젊은이는 '앉으시죠.'라고 말할 때 멸시에 가까운 표정을 지었던 것이다. 물론 그 자신은 그렇게 표현하려고 하지 않았을 것이다.

그로서는 사회생활을 하는 영혼이 없는 교제를 하는 동안, 자기 방어적으로 익힌 예식대로 행하였을 뿐이므로 그는 자신의 내면, 즉 영혼을 감추어야만 한다고 생각한 것이 도시적인 인간으로 만들어 버렸던 것이다.

그는 영혼이 드러나고 헌신하는 데에서만 성장한다는 사실을 모르고 있는 오만스러운 한 인간의 표본일 뿐이다. 그러나 그의 오만은 불행스럽게도 불안정하여 영혼의 보루를 쌓아야만 하고, 자기 주위에 냉담의 벽을 둘러야만 했다.

그러한 오만은 그에게서 미소를 얻어내기만 하면, 곧 파멸되고 말 것이다.

소위 교양 있는 사람들 사이의 교제에서 나타나는 냉담과 불안스러운 음조는 일종의 병임을 시사해 주고 있는데, 이는 폭력 이외에는 달리 대항할 줄 모르는 필연적인 영혼의 불행이다. 이러한 영혼이란 얼마나 연약한 것인가.

이제 두 사람 중에, 어느 한쪽이 자기가 바라고 느끼는 바대로 행동하면, 그는 상대방에게 손을 내밀어 악수를 청하거나 어깨를 만지며, 이렇게 말할 것이다.

"참 날씨가 좋군요. 좋은 날입니다. 난 지금 휴가 중입니다. 이번에 새로 산 건데, 제 넥타이 어떻습니까? 내 가방 안에는 사과가 있는데, 드시지 않겠습니까?"

그가 이렇게 말을 한다면 상대방은 형언할 수 없을 정도의 기쁨과 감동을 받아, 결국은 미소 지을 수밖에 없는, 그 무엇을 느끼게 될 것이다.

상대방은 좋은 감정을 느낄 것이나 좀처럼 나타내지는 않는다. 그는 의식적으로 방어를 하게 되고, 아무런 뜻도 없는 말을, 흔한 말들 중의 어느 한마디를 무의미하게 내뱉을 뿐이다. 머뭇거리며

"네에…… 음…… 거 좋군요."

형식적인 대답을 하면서, 뭔지 모욕당한 기분이 되어서 당혹감을 감추지 못해 시선을 다른 곳으로 돌릴 것이다.

혹은 이 구차스러운 상대에 약간의 동정 이외에는 아무것도 줄 것이 없다는 표정을 지을지도 모른다.

좀 더 차 안의 두 젊은이를 관찰해 보자. 영혼은 대화 속에서도 없고, 표정에도 없고 목소리에도 깃들어 있지 않지만, 그 어느 곳에도 존재하는 것이, 바로 영혼의 모습인 것이다.

이제 금발의 젊은이는 자신을 잊어버린 듯 편안한 표정으로 돌아와 있다.

그가 차창 밖으로 멀리 풍경을 바라보는 시선은 자유롭고, 진실 그대로이며, 젊음의 소박함과 꿈으로 차 있다.

나무랄 데 없이 모범적인 모습의 다른 젊은이는 무릎 위에 놓은 가방을 토닥거려 보기도 하며, 자세를 가다듬어 보기도 한다.

한 시간가량 차가 달리는 동안 우리들은 이 두 젊은이를, 어느 정도 교양이 있는 보편적인 유형의 젊은이들로 나름대로 관찰해 보았다.

그러나 그들의 어떤 모습에서도 영적인 신성함을 느낄 수가 없었다. 단지 차창 밖으로 아름다운 풍경을 바라보는 몰아沒我의 시선이나 사랑하는 이를 위한 선물이라도 담긴 가방을 토닥거리는 일상적인 태도를 제외하고는, 어디에서도 인간의 아름다운 영혼을 느낄 수 없었던 것이다.

오, 수줍은 영혼들이여! 인간의 모든 행위에서 진실한 영혼의 모습이 드러난다면, 얼마나 아름다울 것인가?

우리는 어떻게 자신의 영혼을 삶에 대입시켜 이끌어 갈 것인가? 또 우리의 영혼으로 하여금 모든 일을 영위할 수 있도록 할 것인가?

'오, 위대한 영혼이여!

그대가 있는 곳에는 혁명이 있고 새로운 길이 열리며, 위대한 신이 주관하는 삶이 있노라.'

영혼은 사랑이고 미래이다. 우리로 하여금 위대한 모습을 이루도록 하는 힘이다.

세상의 형세가 시시각각으로 변모해 간다고 하더라도, 그것은 어쩔 수 없는 순리다. 그러나 세상을 치유하는 소수의 정의로운 사람이나 평화주의자들은, 미래를 추구하는 새로운 의욕을 통해 자신의 내면에서 즉, 늘 시달리고 연약하지만 파괴될 수 없는 영혼 속에서 발견한다.

이 영혼은 지식도 없고, 판단도 없고, 계획도 없다. 영혼에는 욕구와 감성과 미래만이 존재할 뿐이다.

위대한 인간들이란 모두 이 영혼의 안내를 따랐던 사람들이다.

그 안내를 통하여 그들의 길은 일상에서 시작하여 높디높은 곳까지 다다를 수 있었던 것이다.

나라는 꿀벌도 이룰 수 있으며, 재산이란 생쥐들도 모으며, 전쟁이란 개미들도 할 수 있다. 그러나 우리는 인간이기 때문에 영혼을 통해 다른 길을 모색하는 것이다.

그런데 영혼이 실패를 하거나, 희생당하게 될 때, 우리가 이루어 가는 삶의 길에 행복은 피어나지 못한다.

왜냐하면 행복이란 영혼만이 느낄 따름이며, 이성이 알 수 있는 것이 아니기 때문이다. 지식이나 위선, 재산이 느끼는 것이 아니다.

이제, 우리는 시간을 초월하여 인간에게 빛이 되는 격언을 새겨 보기로 하자.

"그대가 온 세상을 얻는다고 할지라도, 그대 영혼에 병이 된다면 무슨 소용이 있으랴!"

어느 날 사십 대의 남자가 친구와 함께 나를 찾아왔습니다. 이유는 내 도움을 받아 자신들이 모르고 있는 점을 좀 더 깊이 알고자 하는 목적 때문이라고 말했습니다.

두 사람 모두는 자신을 적절히 자제시킬 수 있는 지성과 과묵해 보이는 성품을 지닌 듯싶었습니다.

그들은 산스크리트경Sanskrit經이라는 문학에 관해서도 알고 있다고 말했습니다. 건강하면서도 명석한 두뇌를 가진 중년의 남성다움이 그들의 눈에 역력히 나타나 있었습니다.

키가 약간 더 커 보이는 사람이 먼저 나에게 물었습니다.

"성경에서는 욕망을 죄악시하고 있는데, 특별한 이유라도 있는 걸까요? 실제적으로 과거의 성현들은 욕망을 질책하여 온 것은 사실입니다. 성적인 욕망은 수양하는데, 반드시 제거되어야 할 상대이며, 정복해야 한다고 끊임없이 가르쳐 왔습니다.

또 그분들은 욕망이 마치 삶의 방해가 되는 대상으로 간주했던 것도 사실입니다. 부처는 모든 슬픔의 원인을 욕망이라 보았고, 이런 욕망의 끝을 설파하러 다녔습니다.

다른 성자들 역시 복잡한 학설을 내세워 욕망과 성적인 욕구는 억압해야 한다고 했으며, 종교인들도 같은 태도를 표명하고 있습니다. 이러한 성적인 욕망에서 자신을 구제하고자 기독교 성직자들 중의 일부는 자신의 육체에 제재를 가하면서 고행을 수행하지요.

반면에 또 다른 사람들은 말이나 나귀처럼 인간의 육체를 붙잡아 놓고는 정신적으로 지배하려 했습니다.

저희들은 많은 책을 읽지는 못했으나, 틈틈이 종교 서적을 읽어 보면 욕망은 우리 인간에게 죄악을 갖게 하는 불행의 씨앗이며, 저주의 불길이라고 표현되어 있습니다. 그러므로 욕망은 끊임없는 자신과의 싸움에서 정복되어야 할 대상이며, 승화시켜야만 종교로 입문할 수 있다고 합니다.

저희들은 종교 생활에 목적을 둔 입문자들입니다. 그러나 어느 부분은 잘못되었다는 생각을 가지고 있는 것이 솔직한 저희들의 견해입니다. 보잘것없는 지식을 가지고 위대한 성자나 종교인들에게 대항하고자 하는 것은, 결코 아닙니다.

다만 선생님과 함께 올바른 종교 생활을 원하는 저희들의 일을 의논하고 싶을 따름입니다. 책을 읽으면서 우리가 깨달은 분명한 사실은, 선생님께서는 욕망을 억압하거나 승화시켜야 한다고 강요하시지 않았다는 점과, 아울러 욕망을 질책이나 정죄함이 아닌 깨달음으로 이해되어야 한다는 뜻을 알게 되었습니다.

이처럼 전혀 다른 견해를 저희들은 그 의미를 도저히 밝혀낼 수가 없었던 것입니다. 그래서 이 점을 선생님께 묻고 싶어서 찾아 뵙게 된 것입니다.

또한 욕망은 제가 갖고자 하는 것을 갖지 못하게 될 때도, 그런 반응을 보이고 있습니다. 그러므로 눈으로 본 대상을 갖고 싶다거나 갖지 않겠다는 감정이 있게 됩니다. 이런 진행에서 내가 지적하고 싶은 요점은 무엇입니까?"

"참 좋은 질문입니다. 그런 감정 이전에 내가 왜 존재하며, 나

때문에 그와 같은 감정이 있게 되는 것이 아닐는지요. 당신이 새로운 만년필을 본 것처럼, 어떤 대상을 보게 됨으로써 일어나는 일련의 반응을 보이는 것은 지극히 자연스런 일입니다.

이때 우리 자신도 모르는 사이에 대상을 소유하려는 강렬한 욕망을 갖게 됩니다. 그러므로 내가 대상을 보고 그에 대한 소유 욕망이나 감정을 자연스럽게 갖게 되지요. 보거나 느끼거나 열망하지 않고서야 나라는 존재는 분리된 일종의 고립된 실체입니다.

이와 같은 대상을 보거나 갖고 싶은 감정, 바라는 열망은 나를 구성하고 있는 절대적인 내면이라고 생각되지 않습니까?”

“그럼, 선생님께서는 나라는 존재가 다른 무엇보다 우선 되어서는 안 된다는 말씀이십니까? 나를 인식하게 될 때, 비로소 욕망을 갖게 된다고 생각되어지는데요.”

“무슨 말씀인가요? 자신을 분리시킬 때 인식과 열망이 존재하지 않는다는 말인가요? 그렇지 않으면, 이런 과정이 있기 전에 나라는 실체적인 요소가 분리된다는 말입니까?”

“심리적이면서도 육체적 결과인 나를 인식한다는 것은 어려운 일인 것 같습니다. 이 말은 나라는 존재를 물질적인 실체로만 간주된다는 뜻이 되므로 관습과 사고는 습관에 상반된다고 생각하고 싶습니다.

그러므로 ‘나’, 살피고 있는 자가 먼저이며, 이는 우리의 개념에서 함께 하지 않았다고 보아온 것이기도 합니다. 우리의 전통과 성경이 그렇게 가르치고 있고, 저 또한 그대로 믿고자 노력하고 있습니다만, 선생님의 말씀이 사실이라고 확신합니다."

"인식에 대해 다른 견해를 갖고 있는 사람이라고 하더라도 달리 말할 수는 없을 것입니다. 그러나 자신만의 확고한 관찰과 생각은 가지고 있는 것이 아니겠습니까?"

"물론입니다. 처음엔 뱀을 밧줄로 오인할 수는 있어도 사실을 알면 두 번 다시 그런 잘못을 되풀이하지 않습니다. 이런 경험은 분명하게 사물을 관찰할 수 있는 분별력과 마음의 안정을 갖게 하지요."

"욕망이라, 늘 우리 마음속에서 자라고 있습니다. 때로는 격렬한 불길과도 같고, 때로는 생명을 꽃 피우려는 준비를 갖춘 모습으로 마음 안에 자리 잡고 있습니다. 문제는 우리 인간이 어떻게 이 욕망과 함께 공존하는가에 있습니다.

욕망이 그대로 내 안에서 고요히 있으면 저 역시 조용하게 지낼 수 있습니다. 하지만 욕망이 잠에서 깨어나면 걷잡을 수 없는 혼란에 빠지게 됩니다. 끊임없는 생각과 열정에 들떠 욕망의 뜻이 현실로 이루어질 때까지 온갖 노력을 하게 되지요.

어느 정도 욕망이 충족되어야 비로소 마음의 안정을 찾게 됩니다. 여기서 맛보게 되는 고요는, 다른 욕망을 갖게 될 때 다시 찾아오는 기다림의 고요인 것입니다.

이런 고요는 압력을 받고 있는 바닷물과 같아서 아무리 높은 댐을 건설한다고 하더라도 욕망의 물결은 높은 벽까지 차올라 마침내는 넘쳐흐르게 마련입니다. 저는 그 어떤 고통이라도 욕망을 초월하고 싶습니다. 또한 최선을 다해 욕망의 사슬에서 벗어나고 싶습니다.

하지만 그것은 그림자처럼 마음 깊숙한 곳에서 떠날 줄을 모르며, 때로는 조롱하듯 나를 비웃고 있는 것입니다. 어떻게 하면 욕망에서 벗어날 수 있겠습니까?"

"당신은 욕망을 억제하거나 승화시키려는 것이 목적인가요? 아니면 욕망을 길들이고 싶고, 그러기 위해서 약이라도 복용하고 싶다는 말씀인가요?

책이나 개념, 또는 종교적인 사람들의 가르침을 떠나서 욕망을 어떻게 느끼고 계십니까? 또 당신 자신을 강요하고 있는 것이 무엇이라고 생각하고 계십니까?"

"욕망은 인간의 본성입니다. 그렇지 않은가요. 선생님?"

"인간의 본성이라니, 무엇을 뜻하는 질문입니까?"

"배고픔, 성욕, 안락과 위안을 바라는 마음. 이 모든 것이 욕망의 범주에 속하는 것들이겠지요. 그리고 이것들은 아주 건강한 정신의 산물이자 정상적인 현상이라고 할 수 있지 않을까요? 인간은 그런 것들로 이루어져 있다고 봅니다."

"그렇게 정상적인 것을, 왜 당신은 귀찮아하십니까?"

"어려움은 한두 가지가 아닙니다. 한 가지의 욕망만이 있는 것이 아니라 많은 모순성을 감춘 욕망들이 있고, 그것은 각기 다른 방향으로 줄달음을 치고 있습니다. 그러므로 나의 마음은 항상 긴장과 불안으로 얼룩져 있습니다. 욕망은 고통과의 줄달음입니다."

"그와 같은 고통을 극복하려면 자신의 욕망을 억제하거나 승화시켜야만 한다고 정의했습니다. 그렇다고 인정하십니까?

욕망이 충족되면 쾌락이 뒤따르게 되고, 고통도 없게 되지요. 그러한 상태에 이르게 되면 즐거운 콧노래를 부르며, 욕망과 함께 동행하는 것을 매우 기쁘게 생각할 것입니다. 안 그렇습니까?"

"분명히 그렇습니다만, 항상 욕망의 뒷자리에는 두려움과 같은 고통이 있게 마련이어서, 이것을 제거하거나 극복하려고 많이 노력하지요."

"그것은 누구나 다 경험하고 있는 현상입니다. 그것이 바로 욕망이 주는 고통으로부터 벗어나려는 쾌락으로, 우리의 배경을 이루고 있는 욕망의 모습입니다. 또 이것은, 그다음의 욕망을 불러일으키는 계기를 가져다줍니다. 그렇습니까?"

"네, 욕망은 또 다른 나의 모습을 보여주는 두려움입니다."

"욕망에는 고통과 쾌락 사이에서 투쟁을 일삼는 이중성이 있습니다. 그러나 수수께끼와 같은 혼란은 전혀 없습니다. 욕망은 끊임없이 충족을 추구하지만, 충족의 그늘은 좌절입니다.

하지만 우리는 그런 사실을 용납하려 들지 않습니다. 그래서 충족을 추구하며, 결코 좌절하려고 하지 않는 것입니다. 하지만 그 두 가지는 서로 분리된 것이 아닙니까?"

"좌절이라는 고통 없이 충족을 느낄 수는 없지 않겠습니까?"

"그렇게 인식하고 계신가요? 간단한 쾌락을 경험해 보셨다면, 그다음에 따르게 되는 불안과 고통을 어떻게 피할 수 있었습니까?"

“저도 그 점을 눈여겨 보아왔습니다. 그러나 인간은 고통을 넘어서려는 방법을 구가하고 있습니다.”

“그럼 당신은 성공하셨다는 말씀인가요?”

“아닙니다. 아직은 그렇지 못합니다만, 늘 그렇게 되기를 바라고 있습니다.”

“그러한 고통에서 보호받고자 하는 것이, 당신의 인생을 통한 주된 관심사가 아닌가요? 당신은 욕망을 수련시키는 인내의 시간을 스스로 마련하고 싶을 것입니다.

그리하여 당신은, 이것이 옳은 욕망이며, 저것은 부도덕한 욕망이라고 편협된 생각을 갖게 되지요. 또한 당신은 욕망의 개념을 배양시키는 반면에, 그래서는 안 된다는 새로운 욕망에 사로잡히게 됩니다.

그래서는 안 된다는 욕망이 늘 우리의 내부에 깃들어 있는 것도 사실이며, 그럴 것 같다는 개념은 상상적인 상징 외에는 아무런 실체를 지니지 못한 텅 빈 것입니다. 이 점을 이해하실 수 있겠습니까?”

“그러나 아무리 상상적인 것이라고 할지라도 개념은 필요한 것이 아닐까요? 그러한 개념이 자신의 고통에서 벗어나도록 도움을 주고 있다고 전 생각하고 있는데요.”

“그런 견해를 갖고 있다면, 당신의 이상적인 말로서만 표현될 뿐, 또 다른 쾌락에 빠지게 될 것입니다. 이렇듯 욕망은 쾌락과 고통을 반복시켜 줍니다.

실제로 당신은, 어느 것이든 간에 자유롭기를 바라지 않고 있습니다. 욕망의 쾌락과 고통 사이에서 표류하면서 욕망의 이상적인 개념과 본질을 말로만 구사하고 있을 따름입니다."

"선생님의 말씀이 전적으로 옳습니다."

"좀 더 그 문제를 진전시켜 볼까요? 욕망은 쾌락과 고통으로 나누어 놓고 볼 수 있는 개념은 아닙니다. 또 옳고 그릇된 욕망이라고 구별 지을 수도 없습니다. 그저 욕망만이 있을 따름이며, 그 형태와 대상이 다르다는 것뿐입니다.

이런 점을 이해하지 않고서는, 당신은 욕망의 본성인 모순을 극복하려고 헛된 노력만 되풀이할 것입니다."

"그렇다면 극복할 욕망 이외에 승화시켜야 할 중심체가 되는 또 다른 것은 무엇입니까?"

"안정되고자 하는 욕망 말인가요?"

"전 그런 것을 생각하고 있으나 성적인 욕망에 대해서도 알고 싶습니다."

"때때로 욕망은 대상을 바꾸어 성숙하지 못한 것에서 성숙된 것으로 변하고 있음을 간과해서는 안 됩니다. 내외적으로 소유하고자 하면 안정하려는 욕망이 자리 잡게 되지요. 욕망은 사상과 행동을 통해 파장을 일으키고 있는 파도와도 같습니다.

이른바 정신적인 것을 속세의 삶과 마찰시켜 파장을 일으키고 있는 것입니다. 이와 같은 생각을 가져본 적은 없으신가요?"

그들은 한동안 아무 말도 하지 않았습니다. 얼마 후에 한 사람이

애매모호한 표정을 지으면서 말했습니다.

"저희들은 그와 같은 근본적인 문제를 일찍이 생각해 본 적도 없습니다. 이건 확실합니다."

"욕망을 억제하면 다른 형태로 우리 내부에 나타나게 됩니다. 욕망을 지배한다는 것은 편협하게 자기중심적으로 다룬다는 말입니다. 욕망을 수련시키면서, 우리들 스스로가 장벽을 쌓고, 또 자신이 무너뜨리고 있다는 것입니다.

물론 욕망이 노이로제로 표출되면 덫에 붙잡혀 있게 되지요. 그러므로 욕망을 승화시키려는 마음가짐은 의지의 행동인 것입니다. 그러나 의지란 욕망을 이루고 있는 구심점이며, 필수적인 것으로서 다른 욕망을 지배하려 할 때, 당신은 지나간 옛 투쟁 속으로 되돌아가게 됩니다.

지배, 수련, 승화, 억압 등등 이 모든 것은 노력을 뜻하며, 옳고 그른 욕망의 범주 속에서 비롯된 이중성이 계속 자리를 하고 있는 것입니다. 태만은 의지적인 행동으로 극복될 수 있을지 몰라도, 마음의 잡다함은 그냥 남아 있게 됩니다.

사소한 마음은 아주 활동적인 것이며, 일반적인 현상으로서 슬픔과 비극의 원인이 되고 있습니다. 그리하여 아무리 많은 노력으로 욕망을 극복하려고 해도, 그 마음에는 계속 사소한 것들이 남아 있을 뿐입니다."

"저 역시 그런 생각입니다만, 좀 더 구체적으로 설명해 주셨으면 합니다."

“욕망이란 시냇물처럼 활력적인 것이 아닐까요? 시냇물이 여러 방면으로 빠르게 흘러가려는 성질에 있듯이, 한편 유익한 면이 있든 파괴적인 면이든 간에 욕망도 우리 내부에서 흐르려는 힘, 즉 활력이 있습니다.

이와 같은 활력을 이용하여 사물을 이해하는 능력을 기른다면, 그 사람은 자신의 욕망을 다스릴 수 있습니다. 하지만 욕망을 다스릴 만한 능력의 소유자라고 하더라도 관심을 버리지 않으면 고통과 쾌락이, 다시 접근하게 됩니다.”

“욕망을 다스린다는 일이 그렇게 어려운 것인가요?”

“욕망엔 문제만 있을 뿐입니다. 어떻게 지배하거나 수련하거나 하는 욕망을 승화시키는 방법은 없습니다. 이 점을 이해한다면 욕망은 다른 의미를 지니게 되지요.

그런 의미에는 순수라는 창조성이, 진리의 움직임이 있다는 것을 깨닫게 됩니다. 그러나 욕망이 삶의 최고라고 생각한다면 무용한 것이며, 해로운 것으로 우리의 삶을 고통 속으로 몰아넣습니다.

이는 그 사소한 욕망이 마음을 조용하게 만들려고 약을 복용하는 것처럼 최면적인 행동을 유발시키기 때문입니다.”

“그렇다면 욕망을 사용하고자 하는 사람의 종말은 어떠할까요?”

“욕망을 자기의 뜻대로 사용하고자 하는 사람은, 다만 다른 형태로 욕망과 함께하려는 숨은 뜻을 가지고 있다고 보아야 합니다.

중요한 것은 욕망을 사용하려는 사람의 끊임없는 탐욕을 파멸이 오기 전에 끝맺게 하고자 함이지. 그 사람의 삶을 끝내게 하려는 것은 아닙니다.

　다만 욕망을 이해하고 지나간 옛것을 산산이 깨뜨리는 추구만이
진실한 욕망이라고 할 수 있습니다."

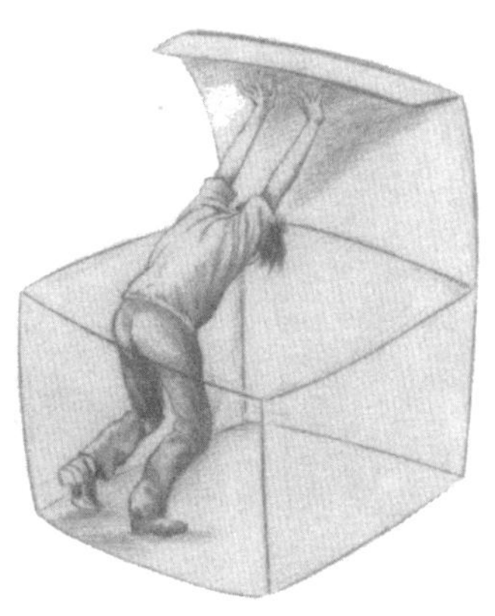

명상

나는 누구인가?
자기라는 것은 허구의 개념,
하나의 생각, 머릿속의 작은 거품에 불과하다.
비눗방울이다. 그 이상의 아무것도 아니다.
나란 존재는, 이미 당신이 구하고 있는 바로
그것이다. 하나의 거대한 공간, 처음도 없고 끝도
없는 하나의 거대한 공간, 처음도 없고 끝도
없는 하나의 영원, 그것이 바로 당신인 것이다.
그런데 어떻게 나를 알 수 있다는 말인가?

명상

나는 누구인가?
자기라는 것은 허구虛構의 개념
하나의 생각, 머릿속의 작은 거품에 불과하다.
비눗방울이다. 그 이상 아무것도 아니다.
나란 존재는, 이미 당신이 구하고 있는 바로, 그것이다.

"당신은 내가 누구인지 아십니까?"
"아니, 모릅니다. 실례지만, 전혀 알 수가 없는데요."
왜냐하면, 당신이란 사람은 존재하지 않기 때문에
하나의 공空일 뿐이다.
그러므로 난 당신을 모른다.

만일, 당신이 알 수 있는 존재라면
당신은 금방 하나의 대상이 되어버린다.
당신은 이미 의식이 아니다.
당신이 알 수 있는 대상의 존재라면
당신은 무한일 수가 없다.

어떻게 내가 당신을 알 수 있겠는가?
당신 자신도 자기 자신을 알지 못하고 있는 것이다.

하나의 거대한 공간,
처음도 끝도 없는
하나의 영원
그것이 바로 당신인 것이다
그런데 어떻게 나를 알 수 있다는 말인가?

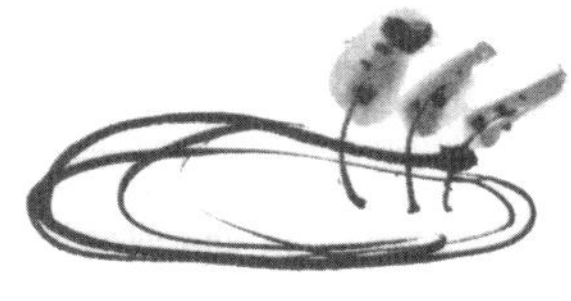

삶을 선택하지 말라.
무선택으로 삶을 고요히 흘려보내라
그럴 때 삶은 신성하다.

하늘을 보라.
하늘에 구름 한 점 없을 때는 적극적인 공간이 된다.
당신이 그와 같은 하늘을 구름의 부재라고 본다면
그것은 하늘을 소극적인 관점에서 보고 있는 것이다.
만일 당신이 공간을 푸른 하늘의 현존이며
그 푸른 하늘에서, 모든 것이 솟아나고 있다고 본다면
그것은 소극적인 것이 아니다.
그것은 세상에서 가장 적극적인 것이 된다.
그것이 바로 실존의 기반이다.

비 실존이야말로 바로,
실존의 기반인 것이다.
모든 것이 거기에서 나오고
그리고 모든 것은 차츰 그 속으로 들어간다.
당신은 거기에서 태어나고
그 속에서 죽는다.
어떻게 내가 당신을 알 수가 있다는 말인가?
단지, 당신의 지식이라는 것은 하나의 정의일 뿐이다.
그런데 당신은 정의에 대해 불능하다.
아니다. 나는 당신을 모른다.
나는 나 자신도 모른다.

램프를 끄면 빛은 없어진다.
그러나 의식은 끌 수 없다.

한 번쯤 자신의 내부를 향해서 떠나보라.
명상 속으로 들어가보면 사람들은 겁을 낸다.
그들은 몸을 떨기 시작한다.
하나의 깊은 내적인 전율이 솟아난다.
하나의 깊은 불안과 고민이 솟아난다.
눈을 뜬. 깬 의식에 가까워지고 있기 때문이다.
존재에 가까워지고 있는 것이다.

내부로만 들어가서 사고思考가 자신으로부터 떠나기 시작하면
갑자기 공포가 당신을 지배한다.
도대체, 나는 어디로 가는 것일까?
당신은 자기라는 존재가 없어지는 것 같은 느낌을 가진다.
갑자기 죽어가고 있는 듯한
일종의 비존재가 당신을 움켜잡는 듯한 감각을 느낀다.
그것은 나락의 가장자리에 서서 심연을 내려다보는 것과 같다.
그것은 바닥이 없다. 끝이 없다.
이때, 당신의 몸이 떨리기 시작한다.
죽음과의 만남
만일 이 지점에서 도망을 치거나 하면
당신은 결코 명상을 할 수가 없다.

도대체, 나는 어디로 가는 것일까?
이때, 당신의 몸이 떨기 시작한다.
죽음과의 만남
당신은 명상할 수가 없다.

당신이 살아있다면
당신은 죽기도 할 것이다.
죽음은 삶의 일부인 것이다.
당신이 한 사람을 진심으로 사랑하고 있다면

당신은 화가 날 때도 있다.
분노는 사랑의 일부이고
거기에는 아무런 잘못된 점이 없다.
분노가 죄악이 되는 것은
그것이 일체가 되어버렸을 때뿐이다.
만일 죄악이 되는 것은
그것이 일체가 되어버렸을 때뿐이다.
만일 죄악이 사랑으로 에워싸여 있다면
그것은 아름다운 것이다.
그것은 사랑에 긴장을
사랑에 여백을
사랑에 리듬을 준다.
그것은 삶을 조화가 있는 전체로 만들어 준다.

자기 아이를 사랑하는 것은 좋은 일이다.
그러나 그들을 소유해서는 안 된다.
자기 아내나 남편을 사랑하는 것은 좋다.
그러나 그들을 소유하지 말아야 한다.
당신이 소유한 그 순간부터
당신도 소유 되어버린다.
아직 당신은 잘 모르겠지만
속 깊은 곳으로, 당신도 소유 되어버린다.

당신이 소유한 그 순간
당신도 소유 되어버리는 것이다.
소유자인 동시에 피 소유자가 되는 것이다.

소유하지 말라.
소유라는 것은 타인의 중심을 깨부수려고 하는 것이므로
그 타인도 당신을 용서하지 않을 것이다.
그리고 타인의 중심을 깨부수게 되면
비로 그 행위로 히어
당신의 중심도 깨부수어질 것이 틀림없다.
그렇게 되면 거기에 있는 것은 회오리바람뿐이며
중심이 없어져 버린다.
세상에 있고
그러면서 그 속에 있지 않는 것
당신의 깊은 내부에서 뭔가는 초월하여
허공에 뜬 채로 있다.
뿌리는 대지에
가지는 하늘에

당신들은 포인트를 놓치고 있다.
기다리고 있다고 해서 와 주지는 않는다.
결과라면 기다릴 수 있다.

무쇠가 불길 속을 지나오면
강철이 된다.
뜨거운 불길 없이는 강철이 될 수 없다.

그러나 되어감은 기다릴 수 없다.

되어감이라는 것은

당신하고는 물론

당신의 기다림 하고도 관계가 없다.

그것은 비길 데 없이 깊은 법칙의 일부이다.

그것은 저절로 생긴다.

사실 당신은 기다릴 필요조차 없다.

왜냐하면 기다림 속에, 이미 욕망이 깃들어 있기 때문이다.

만일 거기에 욕망이 있다면

되어감은 결코 일어나지 않는다.

갈망하지 말라.

그렇게 하면, 그것은 일어난다.

바라지 말라.

그렇게 하면, 그것은 주어진다.

모든 진리는 X와 Y가 서로

어떤 관계를 가지는 방식의 표상이다.
이러한 연결은 긴 연쇄의 일부다.
또 어디서든, 어느 정도 우리들도 그들과 연결되어 있다.
X와 Y가 연결된 그 사이에는 멀건 가깝건 간에
어느 점 위에는 조그만 Z가 있다.
이것이 바로 당신이며, 나이다.

사람들의 마음은
무어가 늘 예사롭지 않은 것을 쫓고 있다.
그것이 자아의 본성이다.
언제나 예사롭지 않은 '잘난 사람'이 되려고 한다.
'별것 아닌 사람'이 되기를 두려워하고 있다.
그래서 공백을 두려워한다.
손에 잡히는 대로 무엇으로든
자기 내부의 공허감을 메우려고 한다.
그리하여 사람들은 예사롭지 않은 것을 쫓으려고만 한다.
바로 이것이 비극의 근본이다.

혼자일 때
당신은 늘 외로움을 느낀다.
연인과 함께 있으면
어김없이 긴장감이 생겨난다.

당신은 혼자서 살 수 없다.

가장 밑바닥의 별것 아님이 가만히 있을 수 없기 때문이다.

그것은 하나의 심한 목마름

하나의 깊은 굶주림을 가지고 있다.

그렇기 때문에 당신은 혼자 있을 수가 없다.

당신은 가만히 있을 수 없다.

당신은 함께 되기를 원한다.

그러나 함께 된 그 순간부터

그것은 불행으로 바뀐다.

나란 존재는 이미 당신이 구하고 있는, 바로 그것이다.

이것은 다름 아닌 모든 것을 깨달은 사람들의 메시지이다.

이미 당신이 찾고 있는 바로, 그것이라는 뜻이다.

당신이 목적지인 것이다.

밤에 당신은 잠을 잔다.

꿈이 솟아난다.

아무것도 없는 데서

깨끗한 꿈

추한 꿈

당신을 죽는가 싶도록 떨게 만드는 악몽

꿈은 무無에서 나온다.

그리고 그것은 참으로 사실적인 것처럼 보인다.

박진감이 있어 보인다.

하지만, 아침이 되어 눈을 뜨고 나면

어디에도 찾을 수 없다.

어디에서 그것은 왔는가?

어디에서 그것은 솟아났는가?

당신들은

제로zero의 개념이 인도에서 발명되었다는

발견되었다는 사실을 알지 못하고 있을지도 모른다.

인도는 모든 것이 무에서, 제로에서 나오고

모든 것은 무로, 제로로 돌아간다는 것을 깨달았다.

그 여행의 전체란 제로에서, 제로에로의 여행이다.

거기에서 인도는 제로의 개념을 탄생시켰고

모든 수학의 기초가 되었다.

제로는 수학의 기초이다.

만일 제로를 떼어내 버린다면

수학의 구조 전체가 무너져 버린다.
그러므로 수학이란 게임 전체는 제로에 의해서 이루어진다.
1에 0을 더한다.
거기서 제로는 9의 값을 갖게 된다.
왜냐하면 1은 10이 되기 때문이다.
0속에서 당장에 9가 태어난다.
1에 두 개의 0을 단다.
그 가치는 99가 된다.
당장에 1은 100이 되었다.
제로 속에서
그 구조 전체가 짜여지게 된다.
제로 없이 수학은 존재할 수 없다.
그리고 수학 없이는 과학이 이루어질 수 없다.
그러므로 만일, 나에게 묻는다면
제로야말로 모든 수학과 과학의 기초라고 대답할 것이다.
제로의 개념 없이 아인슈타인을 생각할 수 없다.

아니다.
그것은 불가능하다.
만일 제로의 개념을 없앤다면
모든 컴퓨터는 순식간에 멈추어 버리게 된다.
제로 없이는 그것들을 움직일 수 없다.

제로는 이 세상에서 가장 실질적인 것같이 보인다.
그렇다면 제로란 무엇인가?
제로는 그저 제로일 뿐이다.
없음이다.
텅 빈 마음은 신의 마음이다.
그것을 '무심無心'이라고 말한다.

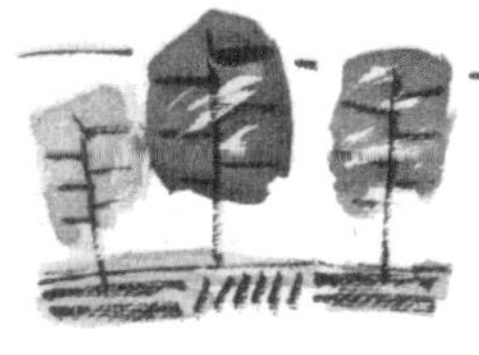

당신이 한 그루의 나무를
행복하게 해 줄 수 있다면
그 나무도
당신을 행복하게 해 줄 수 있다.

속을 비우라.
알맹이가 없는 대나무처럼 하나의
허虛로써 살아가라.
자기가 해야 할 일을 행하는 것이 삶이다.

여자는 골짜기이다.
남자는 봉우리이다.
남자는 여자 속으로 들어간다.
여자는 그저 그것을 받아들인다.
여자란 수용성이다.

남자는 침략성이다.
남자는 행동한다.
여자는 그저 사물이 일어나기를 기다린다.

시계는
나무나 강, 산의 존재에 대해서는 아무 감각이 없다.
시간이 없는 세계
그러나 사람은 시간과 함께 존재한다.

고민과 함께
속 깊은 곳에 있어서
고민은 성적인 것처럼 보인다.
성적 오르가즘에 다다르려는 고민
남자가 여자와 사랑을 나눌 때
으레 남자는 그것을 걱정하고 있다.
잘 될지, 어떨지
여자를 만족시킬 수 있을지, 어떨지 걱정하고 있다.

걱정이란 속으로 더는 것
그것을 어떻게 증명할 것인가 하고 초조해한다.
그러나 그것 때문에 그는 실패한다.
사정射精은 있다.

그러나 오르가즘은 실패
오르가즘이라는 것은 이질의 현상이다.
그것은 당신이 걱정하지 않을 때만 일어난다.
그것은 당신이 달성했을 때만 일어난다.
그것은 깊은 만족감을 느낄 때만 일어나는 것이다.
그때, 당신의 온몸은 알지 못했던 지복에 의해 떨린다.
온몸은 세포가 완전히 흥분 속에서 축하를 올린다.
그럴 때, 그것은 신성한 것이 된다.

남자는 또 다른 걱정에 휩싸인다.
그리고 그 성적인 고민이야말로
모든 고민의 근본 원인이 되기도 한다.
왜냐하면, 모든 곳에서
자기를 증명하려고 애쓰기 때문이다.

인형 놀이는 여자의 일이지, 남자의 일이 아니다.
남자는 밖으로 나가지 않으면 안 된다.
그리고 일생동안을 싸우며 살아가지 않으면 안 된다.
그들은 경쟁자와 다투지 않으면 안 된다.
그것이 사내아이의 일상이다.
만일 집home이 여자의 것이라고 한다면
'편안함at-homeness' 역시 여자의 것이라는 말이 된다.

그렇다면 남자는 결코 편안해질 수 없는 존재인 것이다.
편안함이, 바로 명상인 것이다.

여자는 골짜기
남자는 봉우리

낙엽 진 솔잎 쓸어모으던
소녀 같았던 그대
낙엽 된 마른 솔잎에 불 지피던
더벅머리 소년 같았던 나

발명에는 두 가지의 질이 있는데, 그중의 하나가 명상|冥想 : 대상 없이도 깊이를 탐구한다|이며, 또 다른 하나가 사랑|愛 : 상대편 없이도 사랑의 깊이를 느낄 수 있다|는 것입니다.

명상은 늘 우리 가슴속 깊은 곳으로 들어가려고 합니다. 우리가 자신의 가슴 속 깊이 들어갈 때, 사랑은 살며시 눈을 뜹니다.

이렇듯 사랑은 항상 명상을 따라다니고, 명상 또한 사랑과 더불어 함께 있습니다.

그러므로 당신이 사랑스런 연인이 될 때, 명상은 당신을 기다리고 있게 됩니다. 이렇듯 사랑과 명상은 늘 함께 있는 것이며, 명상과 당신은 삶의 오솔길을 함께 걷는 인연을 갖게 될 것입니다.

그리하여 당신은 당신의 주위에서 솟아 나오는 크나큰 사랑을 지니게 되고, 마침내 사랑으로 넘쳐흐르게 됩니다.

그러면 당신의 사고는 어두운 장막을 거두고 생각의 구름이 더 이상 당신의 존재를 가리지 않는, 당신의 주위를 겹겹이 에워싸고 있는 몽롱한 졸음이, 더 이상 존재하지 않는 명상의 세계, 즉 의식의 길을 발견하게 될 것입니다.

의식의 아침이 되면, 당신은 혼돈의 잠으로부터 깨어날 것이며, 침잠으로부터 해방될 것입니다. 당신이 명상을 통해 자신의 내면세계를 순례하게 될 때 나타나는 움직임, 그것은 외부에서 일어나고 있는 것과 똑같은 에너지가 내부에서도 작용하고 있다는 것을 느끼게 합니다.

그리고 갑자기 당신은 이 우주 속의 고도孤島처럼 홀로 있음을 느끼게 됩니다. 어쩌면 하나의 작은 모래알과도 같은 존재, 유한한 생과 만나게 될 것입니다.

실제로 당신은 생과 관계를 맺는데, 아무런 흥미를 갖지 못하기 때문에 많은 고통을 감수하지 않으면 안 됩니다. 하지만 당신은 자신에 대해서는 아주 사소한 일일지라도 민감하도록 관심을 갖고 있습니다.

그래서 생과의 모든 관계는 의존이나 구속으로 보이는 것입니다. 그러나 이것은 일시적인 현상에 불과합니다. 그리하여 조만간 당신의 내면에 안정이 찾아오고 움직임의 에너지가 넘쳐흐르고 있음을 느끼게 될 때, 당신은 또 다른 생과 관계를 맺고 싶어 할 것입니다.

이러한 마음은 처음으로 명상적이 되며, 사랑이 하나의 구속처럼 보이게 되는 것입니다. 이렇듯 명상적이 아닌 마음은 진실한 사랑을 할 수 없기 때문에 거짓된 마음입니다. 그러한 마음에서의 사랑은 거짓이며 환영적인 모순된 사랑입니다.

실제로 당신이 누군가를 사랑하고 있을 때, 내면에 갖고 있는 사랑을 상식적인 사랑과 비교해서는 안 됩니다. 당신이 갖고 있는 사랑에 대한 기준은 늘 변화하고 있기 때문입니다. 따라서 명상이 시작될 때 환영적인 사랑은 곧 흩어져 사라지게 됩니다.

당신이 완전한 사랑을 얻고자 한다면 첫째, 사랑에 대해 낙심하지 말아야 할 것이며, 둘째 환영적인 사랑을 영원하고 진실된 것으로 생각해서는 안 된다는 것입니다. 물론 이 두 개의 사상에 사랑의 가능성이 전혀 없다는 것은 아닙니다.

이제 사랑의 생명이 사라져 가고 있음으로 해서 당신이 낙심하게 될 때, 그리고 그것에 대해 병적인 집착을 가질 때, 사랑은 당신을 향한 내면의 여행, 즉 명상에 큰 방해물이 되는 것입니다.

이러한 경우 마음의 에너지는 새로운 통로를 찾아서 움직임으로 그것은 외부의 운동과 활동에 아무런 도움을 받지 못한다는 사실을 깨닫지 않으면 안 됩니다.

만일 당신들 중의 누군가가 창조자와 같은 위치에서 명상을 한다면, 그 어떠한 창조성도 발견할 필요가 없을 것입니다. 왜냐하면 창조자의 명상은 완벽한 경지에 도달해 있기 때문입니다.

하지만 당신이 예술의 아름다움을 추구하는 화가라면, 당신은 미美의 창조성 속에서 쉽게 자신을 발견해 내지 못하겠지만, 끊임없는 노력은 계속될 것입니다. 그리하여 마침내 아름다운 색채로 자신의 창조성을 표현할 것입니다.

그러나 정열이 쇠잔해짐을 느끼지 않으면 안 됩니다. 그와 함께 당신의 창조성도 잃게 되는 것입니다. 또 누군가를 사랑하고 있다고 해도 그 정열의 불꽃은 차츰 빛을 잃으며 식어간다는 사실도 간과해서는 안 됩니다.

당신이 자기 자신을 명상 속으로 들어가도록 강요한다면, 그리고 처음의 자신이기를 강요한다면, 그것은 매우 위험함을 초래하게 됩니다. 그럴 경우 당신은 자기 자신이 모순적인 행위를 하고 있음을 곧 깨달을 수 있을 것입니다.

즉, 한편으로는 내면 깊숙이 들어가려 하고 있으며, 다른 한편으로는 밖으로 나가려 하고 있다는 것입니다. 이것은 당신이 액셀러레이터를 밟음과 동시에 브레이크를 밟으면서 차를 몰고 있는 이치와 같습니다.

결국 당신은 두 가지의 서로 다른 일을 동시에 하고 있기 때문에 불상사를 초래하게 된다는 것입니다. 그러므로 명상은 거짓된 사랑에 반하며 거짓된 사랑은 명상 속에서 사라지게 됩니다.

진실은 매우 위험한 요소를 간직하고 있음을 잊어서는 안 됩니다. 때로 당신은 진실을 생활 양식으로 만들 수도 있습니다. 그것은 많은 사람들에게 있어 가장 중요한 부분입니다.

진실을 생활 양식으로 삼아 온 대부분의 사람들은 수도원에서

평생을 살았습니다.

　늙은 승려와 정통적인 종교인들은 사랑과 생과의 관계를 생활 양식으로 삼지 않았습니다. 그들에게 있어 사랑이란 명상에 반하는 것이며, 또 명상은 사랑에 반하는 것이라고 생각해 왔던 것입니다.

　그런 생각은 그들이 갖고 있는 신앙심만큼이나 거짓된 것이었습니다.

　분명 명상은 거짓된 사랑에 반합니다. 진실한 사랑은 명상과 함께 있습니다. 당신이 사랑에 정착할 수만 있다면 명상으로부터 멀리 떨어질 수 없습니다. 즉 당신은 존재의 중심, 그 근처에 도달해 있음을 증명하는 것입니다.

　이제 비로소, 당신은 존재의 중심에 놓여지게 됩니다. 이때 에너지가 효과를 나타내지만, 정착할 수 있는 마땅한 장소를 찾지 못합니다.

　외부에의 여행은 당신이 명상을 시작했을 때, 이미 정지해 있었습니다. 그러나 지금은 내면의 여행이 완벽하게 이루어지고 있는 순간입니다.

　이제 당신은 확고해졌습니다. 당신은 마치 커다란 저장고와 같은 에너지로 가득 찬 집에 머무르게 된 것입니다. 지금 당신은 무엇을 한 것입니까?

　이 에너지는 넘쳐흐르기 시작합니다. 이것은 완전히 다른 유형의 운동입니다. 에너지의 질도 다릅니다. 왜냐하면, 그것에는 어떤

한 동기도 없기 때문입니다.

지금까지 당신은 어떤 동기를 갖고 타인을 향해 움직여 온 것은 사실입니다. 그러나 현재 당신의 내부에는 아무도 존재하지 않습니다. 그러나 당신은 나눠 줘야 할 너무나 많은 것들을 갖고 있음으로 해서, 새로이 타인을 향해 움직이게 될 것입니다. 전에는 아무것도 가진 것 없이 움직였던 것입니다.

왜냐하면 당신은 누군가로부터 약간의 행복과 순간적인 사랑을 도처에서 무방비 상태로 받고만 있었기 때문입니다. 그러한 자신의 내부에 구름이 잔뜩 낀 날들이 계속되어 곧 비가 쏟아질 듯합니다.

또 꽃들이 너무나 많이 피어 있어서 꽃향기가 바람을 타고 구석 구석까지 가려고 합니다.

이러한 충만함 다음에 꼭 필요한 것은 바로 나눔Sharing입니다. 나눔이 있을 때, 비로소 당신은 안정을 갖게 됩니다.

이제 당신의 내부에 새로운 유형의 관계가 생겼습니다. 그러나 그것을 관계라고 부르기에는 아직 적당하지 못합니다. 왜냐하면 그것은 아직 누구와도 관계가 없기 때문입니다.

오히려 그것은 완전한 존재로서 명상의 가장 깊은 곳에 머물러 있습니다.

명상에 잠기게 될 때 사랑은 일어납니다. 사랑이 일어날 때 명상은 아직 그 나래를 펴지 못하고 있을 뿐입니다.

사랑은 실천하는데 뜻이 있습니다.

방 안에 홀로 앉아 사랑을 명상의 세계로 끌어들여 사랑의 에너지로 가득 채운 다음 새로운 진동수의 떨림을 체험해 보기 바랍니다. 마치 당신은 사랑의 대양에 떠 있는 것과 같은, 아주 벅찬 흔들림을 맛보게 될 것입니다.

당신 자신도 알 수 없는 것이 내부로부터 끊임없이 일어나고 있음을, 당신의 기氣 속에 있는 무엇인가가 변화하고 있음을. 당신의 온몸을 둘러싸고 있는 것들이 조금씩 떨어져 나가는 듯한 전율을, 깊은 오르가즘 같은 따뜻함이 당신의 주위에서 생기고 있음을, 아주 확실하게 느낄 수 있을 것입니다.

그런 충격적인 느낌 속에서 의식의 몽롱함이 걷히면서 차츰 드러나는 선명함, 넓은 명상의 세계에 도달해 있는 것입니다.

처음으로 완전한 명상에 놓이게 될 때, 당신은 감당할 수 없을 만큼의 전율을 느끼게 됩니다.

'나는 왜 내 자신에 최면을 걸지 않으면 안 되는 것일까? 나는 지금 무엇에 현혹되어 있는 것인가? 무엇이 나의 내부에서 일어나고 있다는 말인가?'
하는 생각들이 일어나게 됩니다.

왜냐하면, 당신은 지금까지 자신의 내면의 세계를 볼 수 없었기 때문에 그러한 의문은 아주 자연스러운 것입니다.

또한 당신이 생각하고 있는 사랑이란, 다른 사람으로부터 얻어지는 것이라는 고정된 사고방식이 하나의 관념으로, 당신을 지배해 왔기 때문입니다.

누군가에게 의존하려는 사랑은 가련한 사랑입니다. 당신 안에서 창조된 사랑, 다시 말해서 자기 자신에 의해 창조된 사랑은 참된 에너지입니다.

그러므로 당신을 둘러싸고 있는 사랑의 큰 파도와 함께 어디로인가 자연스럽게 흐르고자 할 때, 사랑의 모습은 아름답습니다.

그러면 당신과 밀접한 관계를 맺고 있는 이 지상의 모든 사람들도, 다른 종류의 에너지를 갖고 있다는 새로운 사실을 발견하게 될 것입니다.

이때 비로소 명상의 첫걸음을 완벽하게 내딛는 것입니다.

사람들은 경의의 시선으로 당신을 바라다보게 되고, 당신은 그들 곁을 아주 유연한 행동으로 지나칠 수 있습니다.

그때 당신의 주위에 있던 사람들은 어떤 알 수 없는 에너지의 움직임이, 바로 자기들 곁을 지나갔음을 느낌과 동시에 신선한 감동에 사로잡히게 될 것입니다.

이 순간 당신은 주저함 없이 그들 중에 누군가의 손을 붙잡아 보기 바랍니다. 당신의 몸을 타고 흐르는 전류와 같은 것이 그의 내부에까지 전달될 것입니다.

또 그 누군가와 대화를 나누게 될 때, 상대편은 이상한 행복감에 사로잡혀 기쁨을 감추지 못할 것입니다.

바로 이 순간, 당신은 아주 선명한 마음의 통로를 따라 타인의 변화를 직감할 수 있다는 것을, 이제 당신은 자신의 충만된 마음을 다른 사람에게 나누어 줄 준비가 되어 있다는 것을 의미합니다.

이러한 수용성 속에서 당신은 이성을 찾아 사랑을 전해야만 올바른 인격자가 될 수 있는 것입니다.

어느 명상가는 자신들의 관계 속에 묶여 있다고 생각되는 부분들을 위해 다음과 같은 명상을 시도해 보았습니다.

복잡한 관계의 부부들이란 대개의 경우 자유와 변화를 원하고 있습니다. 이들에게는 아주 미묘한 감정이 얽혀 있음을 보고 다음과 같은 방법을 이용했던 것입니다.

잠자리에 들기 직전 두 사람은 마주 보고 앉아 서로 손을 맞잡습니다. 그러한 자세를 유지한 채 10분 동안 상대편의 눈을 응시합니다. 몸이 움직이거나 흔들리기 시작해도 시선을 떼서는 안 됩니다. 눈은 깜박거릴 수는 있지만, 응시하는 시선을 멈춰서는 절대로 효과를 얻을 수 없습니다.

이윽고 두 사람의 몸이 흔들리기 시작하더라도 계속해서 상대편을 서로 응시해야 합니다. 동시에 서로 맞잡은 손을 놓쳐서도 안 됩니다.

10분가량이 지난 다음, 두 사람 모두는 눈을 조용히 감고 다시 10분 동안 몸을 좌우로 흔듭니다. 그러한 동작이 있은 후 두 사람은 손을 맞잡은 채 함께 일어서서, 다시 10분 동안 몸을 좌우로 흔듭니다. 이 동작은 두 사람의 에너지를 깊게 혼합시켜 줄 것입니다.

하지만 더 융합될 필요가 있습니다. 두 사람은 완전한 합일이 될 때까지 같은 동작을 되풀이해야 합니다.

이렇듯 사랑을 경험해 본 적이 없는 사람에게 있어서의 명상이란 지극히 어려운 점이 있다는 점을 잊어서는 안 됩니다. 사랑의 관계에 있어서 소유되어야 한다는 마음이 당신에게는 절대적으로 필요합니다. 그러므로 상대를 소유하려고 해서는 안 됩니다.

또한 사랑의 관계에 있어서 당신은 늘 양보해야 하며, 누가 더 우월한지를 주시하거나 평가해서는 더더욱 안 됩니다.

혹시 당신 자신이 그러한 것에 대해 그릇된 생각이나 행동을 발견할 때마다 재빨리 자신을 파악하여 머릿속의 에너지를 잡아당겨야 합니다. 습관이 되도록 계속적인 노력이 필요합니다.

반복되는 노력과 함께 몇 주 동안 계속하면, 당신은 그러한 잡아당김이 도움을 준다는 것을 스스로 깨닫게 될 것입니다.

그것은 당신의 명상을 더욱 선명하게 해 줍니다.

마음의 문을 열 때

신원에서의 지도 선사는 숙비竹篦를 들고 수도자들의 주위를 돌아다닙니다.

그 지도 선사는 어느 제자가 졸림이나 잡념에 사로잡혀 있는 것을 볼 때마다, 즉시 들고 있던 죽비로 머리를 내리칩니다.

이와 같은 행위는 척수를 관통하는 작은 충격으로 모든 잡념을 순간적으로 사라지게 하고 새로운 각성이 일어나게 하는 수단인 것입니다. 하지만, 난 죽비를 들고 당신들 한 사람 한 사람을 따라다닐 수 없습니다.

지금 당신은 자신을 명상 속으로 잡아당기는 수련을 하고 있는 중입니다. 만약 누군가가, 당신의 이러한 모습을 보고 미쳤다고 생각할지라도 염려할 필요가 없습니다. 광기란 오직 하나밖에 없기 때문입니다.

그것은 다름 아닌 마음의 광기인 것입니다. 너무 많이 생각하는 것은 광기와 같습니다. 하지만, 그 밖의 모든 것은 아름다운 것입니다. 마음이 곧 병이라는 것을 깨닫게 될 것입니다.

사랑하기 전에 두 사람은 서로의 손을 맞잡고 다시 15분 동안을 조용히 앉아 서서히 숨결을 가다듬습니다.

어둠 속에서 매우 침침한 불빛 한가운데 앉아서 침묵으로 서로를 느낍니다. 그리고 마음의 문을 열고 서로를 받아들입니다. 그것을 알 수 있는 방법은 오직 두 사람이 함께 호흡을 맞추는 일입니다.

당신이 숨을 내쉴 때 상대방도 숨을 내쉽니다. 또 당신이 숨을 들이마실 때, 상대방도 숨을 들이마시는 동작입니다.

그러한 동작을 두 사람이 2~3분 계속하면 똑같이 호흡을 맞출 수 있습니다. 마치 당신이 하나의 유기체—두 개의 몸이 아닌 하나의 몸인 것처럼 호흡하게 될 것입니다.

그러한 순간이 자연스럽게 일어나지 않는다면 사랑의 행위를 해서는 안 됩니다. 당신은 그것을 인내심을 갖고 기다려야만 의도하는 목적에 도달할 수 있는 것입니다.

또한 그것이 이루어지지 않는다고 해서 강요할 필요는 없습니다. 하루, 이틀, 사흘…… 아주 자연스럽게 사랑이 이루어지는 순간을 기다려야 합니다.

이윽고 당신의 노력 끝에 그 순간이 왔을 때, 사랑은 매우 깊어지고 광기를 연출하지 않는 아름다운 모습을 드러내게 됩니다.

지금 당신은 명상을 통해 완전한 사랑을 창조하고 있습니다. 그것은 매우 조용하고 대양적인 느낌Feeling인 것입니다. 그러나 당신은 그 순간을 기다려야만 목적에 도달할 수 있습니다. 절대로 사랑을 강요해서는 안 됩니다.

사랑은 명상 속에서 얻어지는 결정체와 같은 것입니다. 그것은 오래도록 간직되어야 하며, 또 천천히 그 맛이 느껴져야 진실된 사랑입니다.

따라서 사랑은 당신의 존재를 깊이 채워 줍니다. 그리고 사랑은 소유의 경험으로 표현되어, 이제 당신을 더 이상 그곳에 머물게 하지 않습니다. 그것은 당신이 사랑을 만들고 있기 때문이 아니라, 바로 당신 자신이 사랑이기 때문입니다.

사랑은 신과 같은 것이어서 당신이 마음대로 조종할 수 없습니다. 사랑은 사랑이 일어날 때만 힘이 있습니다. 사랑이 일어나지 않고 있을 때, 당신은 그것을 걱정할 필요가 없습니다.

목적하는 바를, 근본적인 다른 일상생활에서 즐거움을 얻지 못한다면, 사랑의 행위에서 즐거움을 얻기란 매우 힘든 자기만의 자위행위입니다.

만일 당신에게 그와 같은 문제가 있다면, 무엇보다도 일상생활에서 기쁨을 얻기 위해 노력해야 합니다. 그러면 자연히 성행위에서도 만족한 즐거움을 찾을 수 있을 것입니다.

산책을 하는 동안 대부분의 사람들은 완전하지는 못하지만, 모든 잡념으로부터 해방될 수 있습니다. 또 그렇게 되도록 노력하지 않으면 안 됩니다.

몇 분 동안이라도, 당신은 모든 기억으로부터 자신을 분리시킬 수 있을 것입니다. 그러한 노력이 지속될 때, 당신은 완전히 자신을 잊는, 어느 정점에 도달하게 됩니다. 다른 모든 것들은 당신의 마음 속 깊이 숨어버릴 것입니다.

이제부터 당신은 전혀 다른 방향을 향해 산책하게 됨과 동시에 완전히 자기 자신을 잊고 마음을 깨닫게 됩니다.

그리고 불현듯 당신은 "내가 날 잊고 있었구나!" 하고 기억을 되살리게 될 것입니다.

산책과 같은 사소한 행위가 의식적으로 사고 될 수 없다면, 사랑을 의식의 명상으로 끌어들이는 데는 어려움이 따르게 됩니다.

명상이란 아주 간단한 방법으로, 작은 활동으로 시도 해야만 성공할 수 있습니다. 식사를 하는 동안, 남들과 대화를 나누는 동안, 때와 장소를 가리지 않고 계속적으로 시도하고 노력할 때, 당신은 목적에 도달할 수 있는 것입니다.

바그완은 『비밀의 서』 〔The Book of the Secrest〕란 책에서 사랑하는 동안의 명상과 즐거움에 관한 많은 방법들을 아주 자세히 설명하고 있습니다.

명상은 부처와 같은 사람 즉, 자신을 초월한 사람에게는 아무런 의미가 없습니다.

명상은 확고한 치료법인 것입니다. 그것이 내부 세계에 올바르게 투사되어야만 효과를 얻을 수 있습니다. 만일 자신의 명상을 자신의 병적인 부위에 투사할 수 없다면, 당신은 건강을 회복시킬 수 없습니다.

그러므로 명상은 영원히 수행되어야 할 자기 수련이라는 사실을 절대로 잊어서는 안 됩니다.

하지만 명상이 자신의 역할을 다해서 더 이상 필요치 않게 되는 날, 비로소 당신은 명상을 잊을 수 있습니다.

죽음은 권태를 느낀 자, 피곤한 자,
괴로워하는 자의 최후의 안식이다.

죽음

죽음이라는 것은 미래가 없는 어둠이다.
이미 과거는 지나가 버렸다. 그리하여 미래조차
잊어버려야 한다. 죽음 앞에서 모든 깃은 완벽하다.
죽음을 맞이할 때, 비로소 당신은 자유로워진다.
하나의 삶을 정말로 삶답게 살았을 때, 인간은
죽음으로부터 자유로워진다.

죽음

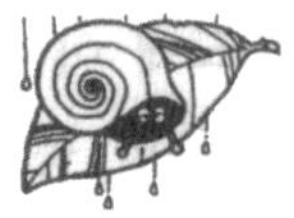

삶이란 야망이자 탐욕이며
곧 죽음이다.
죽음은 삶의 일부다.
그러므로 우리는 죽지 않으면 안 된다.

어머니의 자궁은
죽음을 잉태하는 장소이다.

잠을 작은 죽음과 같다고 한다.
또 잠은 어둠과 침묵과 후퇴의 시간이다.
어두운 침묵 속에서 잠은 신선한 내일을 준비한다.
죽음은 권태를 느낀 자, 피곤한 자,
괴로워하는 자의 최후의 안식이다.
죽음은 새로운 세대를 통해서
이 세계에 신생의 길을 준비한다.

인간은 죽음을 두려워한다.

왜 무서워하는가?

당신은 죽음이 안 좋은 것이라는 사실을 알고 있다.

그것을 어떻게 아는가?

당신이 죽어보지도 않았는데.

당신은 죽음이 삶보다 안 좋은 것이라는 사실을

정녕 알 수 있다는 말인가?

어떻게 알 수 있는가?

그것은 삶보다도 좋은 것인지도 모른다.

왜 당신은 알지도 못하면서 그토록 죽음을 두려워하는가?

어째서 미지를 무서워하는가?

두려워해야 할 공포감이 생길 여유가 없지 않은가?

그렇다면 두렵다는 것은 이미 아는 일이 아닌가?

어떻게 당신은 모르는 일을

전혀 아는 것이 없는 낯설은 것을 그토록 두려워하는가?

아니다.

당신은 죽음을 두려워하고 있는 것이 아니다.

당신은 자기의 공포를 죽음에 덮어씌우고 있을 뿐이다.

당신이 죽음을 두려워하는 것은

당신이 아직 제대로 삶을 살지 못하고 있기 때문이다.

그와 같은 공포는 올바른 삶을 살지 못한데 원인이 있다.

당신은 자기 자신이 아직까지도 제대로 살지 못하고 있는 것을 사랑하지 못하고 있다는 것을 두려워하고 있을 뿐이다.
거기에 종지부를 찍으려고 죽음이 다가온다.

죽음은 일체의 종말을 짓는 어려운 부정이거니와
이 죽음이 없다면 위대한 모험이 나오지 않았을 것이며,
이 모험은 미지의 방향을 향해서
발전을 할 수 없었을 것이다.

죽음이라는 것은 미래가 없는 어둠이다.
이미 과거는 지나가 버렸다.
그리하여 미래조차 잊어버려야 한다.
죽음 앞에서 모든 것은 완벽하다.
죽음을 맞이할 때, 비로소 당신은 자유로워진다.
하나의 삶을 정말로 삶답게 살았을 때
인간은 죽음으로부터 자유로워진다.

죽음의 신이 앉아서 눈에 보이지 않는
가는 줄인 생生으로부터 사정없이, 우리들을 낚아 올린다.
현명해도, 노력을 해도 어쩔 수가 없다.
죽음의 신은 집요하고, 그의 미끼는 마법처럼 유혹한다.

죽음의 신의 낚싯바늘을 삼킨 자는 모래나 수렁 속에서

온갖 방법으로 시험당할지 모른다.
그러나 사신死神이 앉아 있는 곳은
인간들 가운데 있으며 물가가 아니다.
만일 줄이 끊어져도 살 수가 없다.

도망친 후에 어두운 바닥에서
얼마 동안은 두려워하면서 숨어 있을지 모른다.
그러나 자유의 몸이 되어도 쇠약해 갈 뿐
기쁨은 없다. 바늘이 목구멍에 꽂혀 있기 때문에.

죽음이란 말뜻부터가
뭔가 부재不在인 것처럼 보인다.
하지만, 그렇지가 않다.
죽음은 뭔가 무한한 것의 현존이다.
그것은 부재가 아니다.
어둠과 같은 것이 아니다.
그것은 소극적인 것이 아니다.
오히려 죽음은 적극적인 삶의 현상이다.

죽음은 미래가 없는 어둠이다.
그러나 정말로 삶답게 살았을 때
인간은 죽음으로부터 자유로워진다.

당신은 어떻게 죽으며
어떻게 인간답게 죽을 수 있고
어떻게 죽음 속에 머무를 수 있는지를 모른다.
도대체 나는 어디로 가는 것일까?
당신은 자기라는 존재가 없어지는 것 같은 느낌을 가진다.
죽음과의 만남
그곳은 텅 비어 있다.

죽음이란 것은 존재하지 않는다.
자기 현존만으로 삶은 충분한 것이다.
죽음을 지나침으로써
당신은 죽지 않는다.

생과 죽음의 의미를
가장 친절하게 해석해 주는 것은 잠이다.
생명의 시간에
경계선을 긋는 세 가지 종류의 수면 중에
마지막이 다름 아닌 죽음이다.
처음에 우리는 잠에서 깨어난다.
그리고 최후의 우리 생명은
깊은 잠으로 둘러싸인다.
이것이 바로 죽음이다.

최초의 잠이 언제 시작할는지 아무도 말할 수 없다.
대단히 복잡한 과정으로 자궁 속에서
인간의 생명을 만드는 동안에 수면이 쌓여
새로 탄생되는 첫울음 소리와 수면은 끝난 것이다.
그러나 마지막 수면으로 생명의 경험은 끝난다.
그것은 영원히 잠드는 순간이다.

삶 속에는 하나의 리듬이 있다.
그러나 죽음에는 리듬이 없다.

죽음은 권태를 느낀 자
피곤한 자
괴로워하는 자의 최후의 안식이다.

죽음은 새로운 세대를 통해서
이 세계에 신생의 길을 준비한다.
죽음은 모든 주권과 세력,
모든 독단적인 세계, 사물의 질서를 경화시키는
모든 제도와 세력을 제거한다.

죽음이라는 잠에는 꿈이 없다.
그 속에는 불안한 자취도 없고 긴장과 공포의 세력도 없다.

우리는 생명에서 유령으로 돌아가기 때문이다.

죽음은 권태를 느낀 자
피곤한 자
괴로워하는 자의 최후의 안식이다.

이제는 뜨거운 햇볕을 두려워할 것도 없고,
추운 겨울도 무서워할 필요가 없다.
당신은 이 세상의 직분을 다했으므로
가정이란 보금자리는 사라지고
인생의 빚을 다 치른 것이다.

아, 행복했던
크고 작은 것 하나하나가
내 손에서 낙하하고 있다.
이제 즐거운 날도 끝날 시간이다.

나의 생애는 온통 죄로 가득 차 있었다.
그러나 많은 죄가 용서될 것이다.

하지만 인간들은 용서해 주지 않는다.
그들은 이해하지도, 용서하지도 않고
나의 무덤 위에 돌을 던질 것이다.

그러나 별들이 나를 데리러 오고
달이 나에게 웃음을 준다.
그러면 나는 달의 조그만 한 배를 타고
별의 궤도를 조용히 따라
반짝이는 밤하늘을 떠 갈 것이다.
빛이 나를 괴롭게 하고 어지럽히고
모든 것이 빙글빙글 돌아가고, 가볍게 뜨고
어머님이 다시 나를 끌어안을 때까지.

바람처럼 내 인생은 날아가 버렸다.
나는 혼자 누워 눈을 뜨고 있다.
창에는 조각달이 떠서
내가 하는 짓을 보고 있다.
나는 오랫동안 누워 추위에 떨며
방 안에서 죽음을 느낀다.
심장이여,
어찌하여 이토록 불안하게 울리는가.
너는 아직도 불타고 있는가.

나는 작은 소리로 노래를 부르기 시작한다.
달과 바람의 노래를
사슴과 백조
성모와 성자의 노래를
부를 줄 아는
모든 노래가 생각난다.

별과 달이 나타나고
숲과 사슴이 내 마음속에 살고 있다.
모든 고뇌와 기쁨이
감은 눈 밑에서 흘러가 버려
어느 것 하나 구별할 수가 없다.
이 세상은 산산이 흩어져 있다.
우리들은 이 세상을 지극히 사랑하고 있다.
이제는 죽는 것도
그렇게 두렵지 않다.

이 세상을 비난해서는 안 된다.
세상은 다채롭고 야생적이다.
태고적부터의 마력이 지금도
이 세상 주위를 떠돌고 있다.

감사하며 헤어지자.
이 세상의 크나큰 유희로부터
세상은 즐거움과 고뇌를 우리에게 주었다.
너무나 많은 사랑을 우리에게 주었다.

언제인가 나에게도 올 것이다.
너는 나를 잊지 않는다.
그러면 괴로움도 끝나고
인연의 사슬도 끊어진다.

사랑하는 형제인 죽음이여!
아직 너는 인연이 없고,
먼 곳에 있는 것 같지만
너는 싸늘한 별로써
나의 고난 위에 떠 있다.

방안에서 죽음을 느낀다.
창에는 조각달이 떠서
내가 하는 짓을 감시하고 있다.

그러나 너는 언제인가
내 곁에 와서
활활 타오를 것이다.
오라, 사랑하는 죽음이여,
나는 여기에 있다.
와서 나를 붙들어라.
나는 너의 것이다.

나는 이미 갖가지 죽음을 체험해 보았다.
앞으로도 갖가지 죽음을 맞이하게 될 것이다.
수목 속에서 나무 같은 죽음을
산속의 돌 같은 죽음을
모래 속의 흙 같은 죽음을
바스락거리는 여름 풀 속에서
풀잎 같은 죽음을
그리고 불쌍한 피에 젖은
인간의 죽음을 보게 되리라.

꽃이 되어 나는 다시 태어날 것이다.
수목이 되어, 풀이 되어
물고기, 사슴, 새, 나비가 되어
그리고 어떤 모습으로부터도

그리움이
최후의 고뇌로, 인간의 고통으로
나를 이끌 것이다.

너의 밝은 눈은 이미 감겨 있다.
벌써, 너에게는 밤이 다가오고
새로운 세계가 시작되었다.

나에게는 아직
태양이 한낮에 웃고 있지만
너는 나의 것이고
나는 너의 것이다.
그리고 때가 되면, 너를 따라
나 역시 너의 밤으로 갈 것이다.

생명의 나무에서
잎이 하나하나 떨어진다.
오오, 눈부신 화려한 세상이여
어쩌면 너는 이토록 취하도록 만드는가.
오늘 아직 불타고 있는 것도
머지않아 사라져 갈 것이다.
나의 갈색 무덤 위로 소리를 내며

바람이 불어갈 것이다.

어린아이 위로 어머니가 몸을 구부리신다.
그 눈을 다시 한번 보고 싶다.
그 눈은 나의 별이다.
다른 모든 것은 사라지고 변모된다.
모든 것은 죽는다. 즐겁게 죽는다.
다만, 우리를 낳은
영원한 어머니만은 여기에 남아서
그 부지런한 손가락으로
덧없는 허공에 우리들의 이름을 쓴다.

죽음은 별이다

삶은 작은 것들로 이루어져 있습니다.
위대한 희생이나 의무가 아니라
미소와 위로의 말 한마디가
우리의 삶을 아름다움으로 채웁니다.

우리의 생을 통하여 가장 많은 호기심을 지니고 있는 것은 죽음에 대한 해답이다. 죽음은 생존의 마지막이며, 가장 위대한 체험이기 때문이다.

왜냐하면 모든 인식과 체험 속에서 우리가 기꺼이 생명의 마지막 순간을 던지는 것 같은 인생의 가장 큰 의미이기 때문이다.

죽음의 고통도 하나의 인생 과정으로서 출생의 고통 못지않다고 할 수 있겠다. 때때로 우리는 이 두 가지를 혼동하며 삶을 영위하고 있다.

죽음 때문에 우리의 삶은 보다 깊고 섬세하다.

이성적인 사람에게 있어서의 대지大地란 인간이 마음대로 향유하라고 주어진 자연의 은총이라고 생각하고 있는 것이다. 그러한 사람이 가장 두려워하는 것은 죽음, 즉 자신의 삶과 생활의 무상에 대한 깊은 불안감이다.

또한 그러한 사람은 죽음에 대해 생각하기를 회피하며, 그와 같은 생각 속에서 벗어나기 위해 보다 현실적인 생활로 자신을 서슴없이 도피시킨다. 그러고는 죽음에 저항하여 두 배의 노력을 기울여 재산이나 인식, 법칙이나 합리적 세계의 지배를 추구하는 데만 열을 올린다.

그의 믿음이란 바로 진보에 대한 확신이며, 진보의 영원한 사슬 속에서 완전한 소멸로부터 보호받고 있다고 믿는다.

이미 삶 앞에 내디딘 발걸음의 모든 인간이라면, 누구나 겪어야 하는 죽음을 우리는 더 이상 후회해서는 안 된다.

생각하건대 자연과 교육, 운명을 통해서 자살이란 것이, 어느 한 개인에게는 불가능하고 금지된 것이라면, 상상으로나마 이 탈출구를 통해 자신의 삶을 포기해 버리고 싶은 강렬한 유혹을 받는다고 할지라도 쉽게 자살을 실행에 옮기지는 못할 것이다.

그러할 경우 자살이란 아주 금지된 채로 의식의 어두운 곳에 남아 있을 따름이다. 그러나 다른 방법으로 어느 한 사람이 견딜 수 없는 절박한 위치에서 자신의 삶을 단호히 포기해 버린다면, 자살은 모든 사람들이 경험하는 자연사와 동등한 권리를 갖는다고 할 수 있다. 어쩌면 자살한 사람의 죽음이 자연사自然死보다 더 자연스럽고 인간적인지도 모른다.

인간은 불행하게도 서서히 조금씩 조금씩 죽어가고 있다. 삶을 이루고 있는, 모든 것들이 순간순간 작별을 고하고 있는 것이다. 이것이 바로 죽음의 정체인 것이다.

우리가 사랑하는 사람을 잃었을 때 최초의 자연스러운 대답은 슬픔과 고통의 눈물이다. 죽은 사람에 대한 비애나 고통은 살아 있는 우리에게 오히려 위안을 줄 뿐 죽은 사람과 같을 수는 없다.

그러므로 우리가 죽은 이에게 드릴 수 있는 기회란, 어떠한 재물이 아니라, 우리의 마음속에 그에 대한 올바른 기억과 회상을 지니고 사랑했던 그 존재를, 우리의 내면세계에 다시 재건하는 것이 가장 아름다운 보상이다.

우리가 이와 같은 추모와 마음의 안식을 갖는다면, 죽은 사람은 늘 우리 곁에서 새로운 삶을 계속하고 있는 것이나 다름없으며, 그에 대한 슬픔이나 고통은 승화되어 생의 열매가 되는 것이다.

나는 피안彼岸이라는 것을 믿고 있지 않다. 피안이란 존재하지 않기 때문이다. 한번 시든 나무는 영원히 죽으며, 얼어 죽은 새는 되살아날 수 없다.

인간 역시 죽으면 마찬가지이다. 세상을 떠나도 잠시는 그 생애에 관한 말을 하고 기억할 것이다. 그러나 그것도 오래가지는 않는 죽음에 대한 기억이다.

지금 내가 죽음에 대해 흥미를 품고 있는 것은, 어머니 곁으로 돌아가고 있다는 신앙과 같은 생각에서이다. 어쩌면, 그것은 내 의식 속에 머무르고 있는 꿈과 같은 것인지도 모른다.

죽음은 커다란 행복이다. 첫사랑의 성취와 같을 만큼 큰 행복일 것이라고, 나는 생각하고 있다. 다시금 나를 무無와 순결 속으로

인도해 주는 것이, 바로 어머니와 같은 죽음이다.

나는 죽음에 대항할 필요를 느끼지 않는다. 왜냐하면 죽음이란 존재하지 않기 때문이다. 그러나 분명히 존재하는 것은 죽음에 대한 두려움이다.

이 두려움은 우리가 치유할 수 있는 것 중의 하나이다.

인간은 죽음을 찾아 떠나는 나그네

죽음은 생生보다 중요합니다.

생은 하찮은 것, 표면적인 것에 불과합니다. 그러나 죽음은 깊은 내면의 세계가 있고 의미가 있습니다. 그러므로 인간은 죽음을 통해 진실한 삶으로 자신을 성장시킬 수 있는 것입니다.

하지만 생을 통해 도달하는 것은 죽음일 뿐, 죽음 외에는 아무런 의미도 없는 것입니다.

우리가 생이라고 부르고 있는 것은 죽음에의 여행에 불과할 뿐입니다.

당신의 일생은 하나의 여행이며, 그 외에는 아무것도 아니라고 이해될 수 있을 때, 비로소 당신은 생에 대한 흥미에서 차츰 죽음에 대해 관심을 갖게 되는 것입니다.

일단 죽음에 대해서 깊은 관심을 갖게 되면 생의 심연에까지 몰고 갈 수 있습니다. 그렇지 않으면 당신의 생이란 표면 위에 떠돌고 있는 구름이거나 바람일 뿐입니다.

　그러나 우리는 죽음에 대해서는 어떠한 관심도 없습니다. 그뿐만 아니라, 우리는 그 사실에서 도피하려 하고 있습니다. 끊임없이 그 사실부터 자신을 도피시키고 있는 것입니다.

　죽음은 바로 거기에 있습니다. 인간은 순간마다 죽어가고 있습니다. 죽음이란 아득히 먼 곳에 있는 것이 절대로 아닙니다. 죽음은 바로 우리와 함께 있습니다. 우리는 지금 죽어가고 있는 중입니다. 그러나 죽어가고 있으면서도, 우리는 생에 구애를 받고 있습니다.

　그렇듯 생에 구애받는 것, 생에 지나치게 구애받는 것은 하나의 도피이며, 단순한 자기 속임에 불과할 뿐입니다. 죽음은 우리의 내면 깊숙이 있고, 지금도 성장하고 있습니다.

　만일 당신이 죽음과 관계를 갖게 된다면, 비로소 생의 모습이 당신 앞에 드러나게 됩니다. 왜냐하면 당신이 죽음에 대하여 마음이 편안해지는 순간, 당신은 죽음에 견줄 수 없는 생을 얻기 때문입니다. 그러므로 죽음을 깨닫는 순간, 당신은 영원한 생을 발견하게 되는 것입니다.

　죽음이란 표면적인 생, 보잘것없는 생으로부터 열려오는 문과 같은 것입니다. 생에는 항상 많은 문이 닫혀 있습니다. 그 생의 문을 하나씩 빠져나올 때마다, 당신은 또 다른 하나의 생과 만날 것입니다.

　보다 깊고 영원한 생, 죽음이 없는 생, 불사의 생. 그러므로 실제로 죽는 것 이외의 아무것도 아닌, 이른바 생이라고 일컬어지는 것에서 사람은 죽음이라는 문을 빠져나가야 하는 것입니다.

그때 비로소 인간은 진실로 실존적이며 활동적인 생불사生不死의 생에 도달하는 것입니다.

그러나, 그 생의 문은 매우 의식적으로 통과해야 하는 고통이 따르게 마련입니다. 사람은 죽을 때 반드시 무의식이 됩니다. 인간은 죽음을 몹시 두려워하고 있으므로 죽음이 찾아오는 순간, 우리는 무의식이 되는 것입니다.

그 순간 인간은 무의식 상태에서 그 생의 마지막 문을 통과하는 것입니다. 그 심연의 세계가 있은 후, 우리는 두 번 다시 죽음과 관계를 갖지 않습니다.

생보다도 오히려 죽음 쪽에 관계를 갖는 사람은, 그 생의 마지막 문을 의식적으로 통과하게 됩니다. 그것이 바로 명상에 의해 가능하다는 것입니다.

확실히 의식하면서 죽음이라는 문을 통과하는 것, 즉 의식적으로 죽는다는 것이, 바로 명상입니다.

그러나 당신은 죽음을 기다릴 수는 없습니다. 또한 기다릴 필요도 없습니다. 왜냐하면 죽음은 항상 존재하기 때문에, 그것은 먼 미래에 일어나는 것이 아니며, 우리들이 스스로 만들 수 있는 외부의 것도 아닙니다. 그것은 우리 인간의 내부에 있는, 또 하나의 문인 것입니다.

죽음이라는 사실을 받아들이고, 그것을 느끼고, 그것을 살피고, 그것을 의식하게 되면, 그 즉시 당신은 내적인 문을 통해 자신으로부터 해방될 수 있습니다.

그때 그 죽음의 문을 통해서 영원한 생을 엿볼 수가 있는 것입니다. 달리 생을 볼 수 있는 방법이란, 우리 인간에게는 없습니다.

따라서 명상에 의해 알 수 있다는 것은 다름 아닌 의식적인 죽음뿐입니다.

명상은 내적인 심화이며, 내적인 침잠, 내적인 하강, 표면으로부터 떨어져 나가 심연으로 들어가는 길입니다.

물론 그 심연은 깊고 어둡습니다. 표면을 떠나는 순간 우리는 죽음과 같은 어둠, 즉 혼돈과 만나게 됩니다. 그것은 생의 표면을 자기 자신이라고 간주해 왔기 때문입니다.

수면의 파도는 단순한 수면의 파도가 아님을 이해하여야 합니다. 그 수면의 파도처럼, 우리 자신은 죽음으로 서서히 동화되어 가고 있다는 것입니다. 그러므로 우리 자신은 수면의 파도에 불과하다는 것입니다.

우리가 수면을 떠날 때, 우리는 단순히 수면을 떠나는 것이 아니라는 사실을 이해하여야 합니다. 그것은 우리가 자기 자신으로부터 생의 존재와 그 증명으로부터 영원히 떠난다는 의미입니다.

그리하여 우리는 죽음의 문으로 들어서게 되는 것입니다. 그리고 우리가 의식적으로 죽음을 맞아들이고 죽음의 공포로부터 벗어날 수 있을 때, 비로소 우리는 삶, 즉 생의 진실에 도달할 수 있는 것입니다. 진실은 영원합니다.

그러므로 죽을 준비가 되어 있는 사람에게 있어 그 준비 상태란 초월을 말함입니다. 또한 그 준비된 상태란 종교성입니다.

우리가 누군가를 세속적이라고 말할 때에는 즉, 그 사람이 죽음보다도 생 쪽에 더 구애되고 있다는 것을 의미합니다. 아니 그보다는 생에 빠져 있어서, 전혀 죽음을 돌이켜보지 않는다는 의미이기도 합니다.

세속적인 인간에게는 죽음이 최후로 큰 의식을 갖습니다. 그리고 죽음이 왔을 때에, 그는 무의식 상태에 놓이게 됩니다.

종교적인 사람이란 끊임없이 죽어가는 사람을 뜻합니다. 죽음은 생의 최후에 오는 것이 아닙니다. 그것은 생, 사는 과정, 그 자체일 뿐입니다.

종교적인 사람은 생보다도 죽음 쪽에 더 관계하고 있습니다. 이른바 생으로서 존재하고 있는 것은 얼마 후에, 반드시 생명을 박탈당하게 된다는 사실을 절실히 느끼고 있기 때문입니다.

생은 박탈당하는 것입니다. 순간순간을 우리는 생명을 잃고 있는 것입니다. 생은 마치 모래 속의 작은 모래알과도 같습니다. 그 모래알은 끊임없이 밑으로 밑으로 떨어져 나가지만, 우리는 그것을 어떻게 할 수가 없습니다. 그 과정은 자연의 순리입니다. 누구든지 그것을 거부할 수 없는 절대적인 힘입니다.

시간이란 정지시킬 수 없는 것. 막을 수도 없는 것, 돌이킬 수 없는 것입니다. 그것은 일차원적인 것이며, 두 번 다시 되돌아오지 않는 것입니다. 그리고 궁극적으로는 시간의 흐름 그 자체가 죽음입니다. 시간을 잃기 때문에 우리는 죽는 것입니다.

어느 날 시간의 모래알이 전부 떨어져 나가고, 우리는 다만, 공백 상태로 남게 됩니다. 시간이 멈추어 버린 곳 거기에서 죽음이 우리를 기다리고 있습니다.

좀 더 죽음과 관계를 가져보기 바랍니다. 그리하면 죽음이 우리와 얼마나 가까이 있다는 것을 깨달을 수 있습니다.

생을 사랑하고 있다는 것은 번뇌입니다. 그리고 죽을 준비가 되어 있다는 것은 왠지 모르게 우리를 부자연스럽게 만듭니다. 물론 죽음 자체는 가장 자연스러운 것의 하나이지만, 죽을 준비가 되어 있다는 것은 쉽게 납득할 수 없는 일로 간주됩니다.

즉, 당신이 언제든지 죽을 각오가 되어 있다면, 그 각오가 있다는 것 자체가 당신을 불사不死로 만듭니다.

그러나 만일 당신에게 죽을 각오가 없다면, 그 각오가 없다는 것 자체가 산다는 것에 대한 지나친 집착과 욕망에서 비롯되는 현상인 것입니다. 그러한 현상이 우리를 죽음으로 몰고 가는 이정표를 세웁니다.

어떤 행동을 하고자 할 때, 우리는 항상 그 반대의 것에 의해 저지를 당합니다. 이것은 존재의 변증법입니다.

기대했던 것은 결코 오지 않습니다. 동경했던 것은 결코 이루어지지 않습니다. 또 우리의 욕망은 채워지지 않습니다. 요구할수록 우리는 더욱더 그것을 잃게 마련입니다.

만일 당신이 무엇인가를 무리하게 요구한다면, 그 요구하는 것에 의해 당신은 그것마저 잃게 됩니다.

가령 어떤 사람이 사랑을 추구하고 있다면, 그 추구하는 것 자체가 그 사람을 애교가 없고 추하게 만들어 버리기 때문에 사랑을 얻을 수 없는 것입니다. 아무도 사랑할 수 없게 됩니다.

그러므로 사랑에 대한 추구를 버림으로써, 당신은 사랑받을 수 있는 마음을 갖게 된다는 것입니다. '추구하지 않는다'고 하는 사실이 당신을 아름답게 만들고 사랑을 지속시킬 수 있게 합니다.

그것은 마치 주먹을 쥐면 손 위에 있던 공기를 잃는 것과 비슷합니다. 쭉 편 손바닥 위에 공기는 차 있으나 주먹을 쥐는 순간 공기는 사라지고 맙니다.

주먹을 쥐면 공기를 잡을 수 있다고 생각할지도 모르나, 내 것으로 만들려고 하는 순간 공기는 어디로인가 사라지고 맙니다. 그러나 주먹을 펴면 공기가 다시 손바닥 위에 가득 차 당신은 공기의 주인이 됩니다.

하지만 다시 주먹을 쥐게 되면, 당신은 공기를 잃습니다. 공기는 어디로인가 모두 빠져나가고, 당신의 손안에는 아무것도 남지 않습니다.

주먹을 쥐면 쥘수록 손안의 공기는 존재할 가능성이 적어집니다.

이것이 바로 마음의 변화며, 마음의 어리석은 면입니다.

가령 어떤 사람이 누군가를 사랑하고 있다면, 그는 그 사람을 자기의 것으로 만들고자 할 것입니다. 자기 자신에게 예속시키고 감금시키는 일만이 사랑을 얻는 최선의 방법이라고 생각할 것입니다. 하지만 감금하려고 하면 할수록 사랑은 어디로인지 사라져 버리고 맙니다. 오직 펴진 손에서만 사랑은 존재합니다.

만일 당신이 생을 지나치게 사랑한다면, 당신은 감금당하게 될 것입니다. 살아있다고 하더라도 죽은 것과 동일하게 됩니다.

그러므로 생에 대한 번뇌로 채워져 있는 사람은 죽은 사람입니다. 그러한 사람은 이미 죽어 있는 단순한 시체에 불과합니다. 자기 자신이 시체에 불과하다고 느끼면 느낄수록 더욱더 그 사람은 산다는 것에 동경하게 됩니다.

그러나 그는 변증법을 모르고 있음이 분명합니다. 바로 삶의 동경 자체에 독이 있음을 잊어서는 안 됩니다.

생에 대해서 전혀 동경하지 않는 사람, 즉 불타[석가모니]처럼 생에 대한 번뇌가 없는 사람은 완전한 삶을 살고 있는 것입니다. 그러한 사람은 삶의 활기 속에서 인생을 꽃피우고 있는 것입니다.

불타 입멸의 날, 어떤 사람이 이렇게 말했습니다.

"석존이시여, 벌써 떠나십니까? 우리는 몇 세대라도 몇 생이라도 당신을 애석히 여기고 기릴 것입니다."

그러자 불타께서 말씀하셨습니다.

"그러나 나는 이미 아득한 옛날 이미 죽었노라. 40년 동안, 나는 자신이 살아있다고는 의식하고 있지 않았다. 지知를, 광명을 얻은 그날에 이미 나는 죽은 것이다.”

이렇게 말했지만, 불타는 실로 생기가 넘쳐 있었던 것입니다. 그는 광명을 얻은 날, 밖을 향해서는 죽었으나 그로부터 영원할 수 있는 구원을 받았던 것입니다. 그러고는 그는 실로 너그럽고 자연스럽게 되었습니다.

그에게는 공포가 없었습니다.

죽음에 대한 공포가 없어졌던 것입니다.

죽음이야말로 우리의 절대적인 유일한 공포입니다. 어떠한 형태를 취하던 죽음의 공포야말로 기본적인 공포인 것입니다.

그러나 일단 당신이 죽음에 대한 준비가 되어 있다면, 거기에는 어떠한 공포도 있을 수 없습니다. 그리고 죽음의 공포가 우리의 삶과 의식 속에 있어야, 비로소 새롭게 개화할 수 있는 것입니다. 그러므로 죽음과 생은 같은 것입니다.

그러한 완전한 생을 얻는다고 해도 죽음은 찾아옵니다. 불타도 입멸합니다. 그러나 죽음이 일어나는 것은 우리들에 대해서 일뿐 불타에게는 일어나지 않습니다.

왜냐하면 죽음의 문을 통과한 사람에게는 영원한 연속성, 시간을 초월한 연속성이 있기 때문이다.

그러므로 생에 대해 구애를 받지 말아야 합니다. 자기 자신의 생에 대해서 너무 집착해서는 안 됩니다. 생에 관한 관심이 없어진다면, 그때 당신은 죽음조차도 바라지 않게 됩니다. 왜냐하면 바란다는 것 자체가 생이기 때문입니다.

만일 죽음에 대해 온 마음을 기울이고 죽음을 바라게 된다면, 당신은 또다시 생을 바라는 결과를 갖게 되는 것입니다. 실제로 죽음을 바란다는 것은, 매우 불가능한 일입니다.

어떻게 죽음을 바랄 수 있겠습니까? 바란다는 것, 즉 욕망 자체가 다름 아닌 생인 것입니다.

따라서 '생에 대해 지나친 관심을 갖지 말라'고 하는 뜻은 아닙니다. '생에 대해 지나친 관심을 갖지 말라'는 말에서, 당신은 어떤 사실을 깨달을 수 있을 것입니다.

죽음이라는 공포를 말합니다. 그러나 그것을 탐하고 바랄 수는 없습니다. 실제로 죽음은 우리의 욕망이 될 수 없기 때문입니다.

또한 주먹을 펴는 한 예화例話에서 이해해 보는 것도 좋을 것입니다. 즉, 주먹을 만들기 위해서는 손을 쥐어야만 하지만, 쥔 손을 펴고자 할 때는, 아무런 노력도 없습니다. 손을 꽉 쥐지만 않으면 자연스럽게 손은 펴진 채 있게 마련입니다.

그 동작은 적극적으로 행동해야만 하는 노력도 필요 없습니다.

뿐만아니라, 만일 손을 펴려고 노력한다면 반대의 결과를 초래하게 될 것입니다. 언뜻 보기에 펴 있는 듯이 보이지만, 그것은 단순히 쥐고 있는 상태의 반대에 불과할 뿐입니다.

즉, 손을 펴고 있다는 것은 단순히 '쥐고 있지 않은 상태'를 말합니다. 그것은 네거티브|negative : 부정적, 소극적|한 현상입니다.

만일 당신이 주먹을 쥐고 있지 않다면 손은 펴진 상태로 있을 것은 분명한 일입니다. 이렇게 되면 꽉 쥐고 있는 상태에서도 손은 펴지 않는 결과가 됩니다.

이렇듯 내부에서 '손을 쥐고자' 하는 생각은 이미 분리되어 나온 것입니다. 그러므로 설령 꽉 쥐고 있든 반쯤 벌리고 있든 간에, 어떠한 경우에도 손은 펴져 있습니다. 내면에서의 쥐고자 하는 생각이 없어져 버렸기 때문입니다.

그와 마찬가지로 욕망하는 일이 없는 생, 즉 무욕無慾의 생은 그 반대를 탐한다는 것이 아닙니다. 그러므로 무욕은 욕망의 반대가 아닙니다.

만일 욕망의 반대가 무욕이라고 생각하고 있다면, 그때에 당신은 또다시 욕망을 갖기 시작했다는 의미가 됩니다. 오히려 무욕이란 욕망의 부재에 불과한 것입니다.

무욕과 욕망의 차이를 당신은 느낄 수 있겠습니까?

무욕이 생이라고 말하게 될 때 언어상으로 그것은 반의어가 됩니다. 그러므로 무욕이란 욕망의 반대가 아닌 것입니다. 그것은 단순히 욕망의 부재이지, 욕망의 주인이 아닙니다.

만일 반의어로 그들의 차이를 생각해 버린다면, 당신은 또다시 욕망을 갖게 될 것입니다. 이렇게 된다면 개미 쳇바퀴 돌듯 끝없는 욕망의 바다에서 안주할 수 없는 삶을 영위하게 됩니다.

이것은 실제로 일어나고 있는 삶의 모습입니다.

생에 대해 욕구 불만을 느끼는 사람은 죽음을 바라게 됩니다. 그러나 이것은 또 다른 욕망을 불러일으키는 동기가 됩니다. 사실 이러한 사람은 죽음을 바라고 있는 것이 아니라, 자기 인생 이외의 무엇인가를 절대적으로 갈망하고 있다는 증거인 것입니다.

그러므로 생에 대한 갈망으로 가득 차 있는 사람이라고 할지라도 자살하는 경우가 있는 것입니다.

하지만, 이러한 죽음은 무욕과는 아무런 관계가 없는 삶의 포기입니다. 오히려 그와 같은 현상은 무엇인가를 욕망하는 그릇된 사고에서 빚어진 결과입니다.

자신이 감당할 수 없는 욕망의 강렬한 집착에서 비롯된 죽음은 마치 주먹을 힘껏 쥐고자 노력하면 할수록, 더욱 빨리 손을 펴고 싶은 현상과 같은 것입니다. 즉 탐구 전체에 있어서의 궁극적인 포인트의 한 단면입니다.

그러므로 당신 스스로가 그러한 욕망의 사슬을 풀어버리지 않는 한, 당신은 욕망의 바퀴 속에서 두 번 다시 빠져나올 수 없을 것입니다. 그러나 이것은 실제로 우리의 생과 함께 반복되고 있는 일상적 일입니다.

때로 인간은 세상을 버리고 산속으로 숨어버리고자 하는, 전지

전능한 신을 의지함으로써 불안전한 자신을 위로받으려는 자유라든가, 그 밖의 다른 어떤 대상을 추구하고자 하는, 또 다른 욕망이 있습니다.

이것은 단순히 욕망의 대상이 바뀌었을 뿐, 욕망 그 자체가 변모한 것은 아닙니다. 다만 욕망의 대상이 부富에서 신神으로 바뀌고, 이 세상에서 저세상으로 바뀌었다는데 불과한 것입니다.

그러나 욕망의 대상은 존재하고 있으며, 욕망을 갖고자 하는 것 역시 변함이 없습니다. 이에 따르는 긴장이나 고뇌에도 아무런 변화를 줄 수가 없습니다. 다만 같은 과정이 그대로 새로운 대상에 의해 되풀이되고 있을 뿐입니다.

당신은 생의 환경에 따라서 욕망의 대상을 이리저리 바꿀 수는 있습니다. 그러나 당신의 존재란 여전히 변한 것 없는 그대로입니다. 욕망이 존재하고 있는 한 말입니다.

그러므로 무욕이란 욕망의 부재를 의미하고 있음을 간과해서는 안 됩니다. 즉 욕망의 대상이 불모성이 아니라, 욕망 그 자체가 불모성이라는 것입니다. 또한 이는 자신의 어리석음을 자각하지 못하는데 그 원인이 있는 것입니다.

이렇게 되면, 당신은 생의 무익한 것이 곧 죽음이 아니라는 것을 깨닫게 될 것입니다. 하지만 죽음을 자연스럽게 받아들인다는 것은 사멸이라든가, 자살이라든가, 열반|涅槃 : 진리를 깨달은 경지| 따위를 갈망한다는 말은 아닙니다. 그것은 전혀 다른 의미인 것입니다.

즉, 욕망 그 자체의 불모성을 뜻하는 것입니다. 욕망이라는 것 자체가 떨어져 나간다는 것입니다.

어떠한 욕망이라 할지라도 그 대상이 삶의 공백을 메꾸어 주는 일도 없으며, 대체되는 일도 없습니다. 다만 욕망의 부재가 있을 뿐입니다.

이 욕망의 부재가 영원한 생명으로 당신을 초월자超越者로 만드는 것입니다. 그러나 이것은 자연스럽게 '일어나는 일'이어야 합니다. 당신이 갈망했기 때문에 얻어지는 것이 아닙니다. 그것은 무욕의 자연발생적인 성과이지 필연적인 결과가 아닙니다.

그러나 당신은 이와 같이 '일어나는 것'을 맹목적으로 바랄 수 없습니다. 갈망하게 되면 당신은, 이것을 스스로 놓쳐버리는 결과를 가져옵니다.

손이 자연스럽게 펴져 있을 때 거기에는 공기가 있으며, 당신은 그것의 주인이 될 수 있습니다. 그러나, 만일 당신이 그 공기의 주인이 되기 위해 주먹을 펴고자 마음을 먹는다면, 집착한다면, 당신은 펼 수가 없게 됩니다.

왜냐하면, 그 노력 자체가 내면적인 의미에서 폐쇄하는 상태가 되어버리기 때문입니다.

실제로 공기를 내 것으로 한다는 것은 노력의 결과가 아니라, 오히려 없을 때 자연스럽게 일어나는 현상인 것입니다.

만일 누군가가 사랑을 얻기 위해 당신을 소유하겠다고 시도한다면, 이 '소유하겠다고 시도하는 것'이 한 가지의 노력이 됩니다.

노력이란 소유를 전제로 해야만 이루어질 수 있는 것입니다.

즉 무소유 속에서도 소유가 가능하다는 뜻입니다.

그러므로 당신은 끊임없이 소유하고 있지 않다는 것을 의식하게 될 것이고, 무욕은 또 다른 욕망을 불러일으킬 것입니다.

하지만 당신이 초월자일 때, 비로소 욕망은 사라지고 무욕의 완전한 공백을 갖게 되는 것입니다.

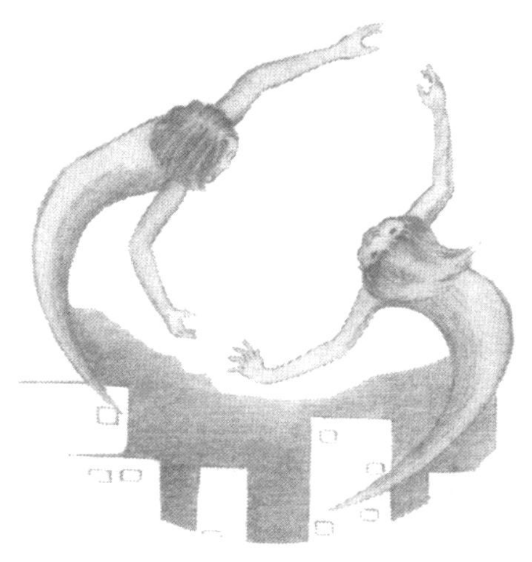

성자聖者란 넓은 사막과 같다.
그래서 그들의 내부는
작은 오아시스와도 만날 수 없을 만큼 공허하다.

종교

종교란 모든 존재가 사원이고
삶 전체가 예배여야 한다고 가르친다. 또한
성자란 넓은 사막과 같다. 그래서 그들의
내부는 작은 오아시스와 만날 수 없을 만큼
공허하다. 성자란 죽음과 같은 것, 때로는 심연처럼
어두운 존재이다.

종교

성자聖者란
넓은 사막과 같다.
그래서 그들의 내부는
작은 오아시스와도 만날 수 없을 만큼 공허하다.

성자란
죽음과 같은 것
때로는 심연처럼 어두운 존재이다.

모세나 마호메트는 단음單音이다.
하모니[조화]하지 못한다.
또 심포닉[교향적]하지도 않다.
단음은 그 나름대로의 아름다움이 있다.
간결한 아름다움
하지만 너무나 단조롭다.

예수 그리스도

그는 어느 누구보다도 깊은 공감을 가지고 있다.

그는 모든 고통과 괴로움을 나누어 가진다.

그의 곁에서 십자가를 대신 짊어져 주고 싶을 정도로

그는 고독하다.

그는 정말 슬퍼 보인다.

온 인류의 불행을 혼자서 짊어지고 있다.

그래서 그는 웃을 수가 없다.

그는 너무 착하다.

너무나 선량하다.

사랑 때문에 불행한

거의 인간적이 아닐 만큼 선량하다.

아직도 그는 십자가를 짊어지고 있다.

석가모니─불타佛陀

몇 세기에 걸쳐

몇몇 생애에 이르기까지

어느 누구보다도 신비로운 아름다움을 지니고 있다.

웅장하도록 아름답다.

그러나 그는 땅 위에 존재하지 않는다.

그는 땅 위를 걷지 않는다.

그는 하늘을 난다.

발자국 하나도 남기지 않는다.

그의 뒤를 쫓을 수도 없다.
당신은 결코, 그의 거처나 있는 곳을 알지 못한다.
그는 구름과 같다.
이따금 당신은 그를 만날 수 있다.
그러나 그것은 우연이다.
그는 너무나 세련되어 있어서
도저히 이 땅에 뿌리를 박을 수 없다.
그는 고차적인 극락에서만 어울리는 이름이다.

성자란
죽음과 같은 것
때로는 심연처럼 어두운 존재이다.

‘노자老子’라는 말은 늙은이라는 뜻이다.
그 말은 그의 이름이 아니다.
누구도 그의 이름을 모른다.
그만큼 그는 이름이 없는 사람이다.
누구 하나 그가, 언제 어디서 태어났는지도 모르고
어떤 부모로부터 낳았는지도 모른다.
아버지가 누구인지
어머니가 누구인지

어느 누구도 그에게 신경을 쓰지 않았기 때문이다.

더구나 그는 90세까지 살았다고 한다.

그리고 그와 만남을 가진 것은 아주 소수의 사람들 뿐이었다.

그를 이해하는 남다른 눈과 남다른 지각을 가진

아주 드문 사람들

세상에서도 몇몇 사람들 밖에는 그를 알아보지 못했다.

어쩌면 그토록 예사로운 사람

그러나 실은 이 세상에서 드문 인간 정신을 소유한 사람이었다.

노자

그는 조금도 수학적이 아니다.

그는 광기의 논리를 가지고 있다.

부조리의 논리

역설의 논리

광인의 논리이다.

노자의 특별한 눈目을 갖지 않으면 안 된다.

우리들이 노자를 이해하려면

무엇보다도 자기 자신의 마음을 바꾸지 않으면 안 된다.

노자는 그저 우리의 삶에 더하고 보태는 아무것도 없다.

우리의 삶을 그대로 투영하고 있을 뿐이다.

서양의 종교가 모두

깊은 내부에서 분열증적인 증세를 보이고 있다.
그들은 나누기를 좋아한다.
그들은 '신은 선하다'라고 말한다.
그렇다면 악은 모두 어디로 보낸 것일까?
신은 오로지 선할 뿐이다.
그리고 신은 악할 수가 없다고 말한다.
하지만, 인생은 악에 가득 차 있다.
그 악은 모두 어디로 보내야 하는가?
거기에서 악마가 만들어졌다.
신을 만든 바로 그 순간에
당신은 악마를 만든 것이다.

아우구스티누스의 『참회록』을 읽어보라.
성인이 되기 위해 온 생애를 바쳤는데도
그 마지막에는 죄의 인식이 생겨나게 된다.
성인이 되려고 하면 할수록
당신은 자기 자신이 죄에 둘러싸여 있다는 것을 느끼게 된다.
선량해지려고 노력해 보라.
그러면 당신은 자기가 얼마나 악인인가를 느낄 것이다.
사랑으로 충만된 사람이 되려고 노력해 보라.
그러면 당신은 미움이나 노여움
질투나 소유욕에 부딪히게 될 것이다.

아름다운 사랑으로 삶을 가꾸어 보라.
당신은 자기 자신이 얼마나 추한 존재인가를
더욱 자각하게 될 것이다.
이율배반을 떨쳐내라.
정신 분열적인 태도에서 벗어나라.
소박한 심정으로 있는 것이 좋다.
그리고 만일 당신이 소박해졌다면
당신은 자기 자신이 누구인지 알지를 못한다.
깨끗한지 더러운지―

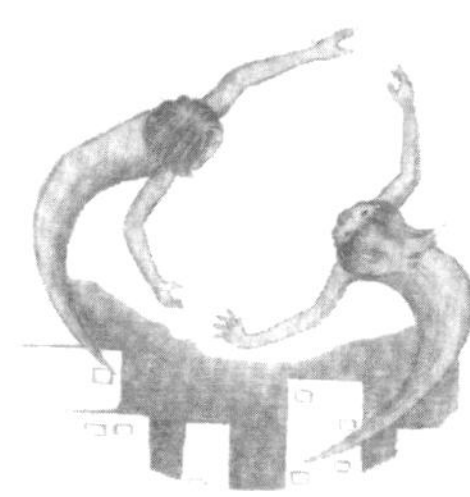

신을 만든 바로 그 순간에
당신은 악마를 만든 것이다.

어느 날 한 성자가 천국의 문을 두드렸다.
그러자 때를 같이 하여 한 죄인도 문을 두드렸다.
성자는 그 죄인에 대해서 잘 알고 있었다.
그 사람은 같은 동네 바로 이웃에 살고 있었다.
그리고 그들은 같은 날에 죽었다.
문이 열리자,

문지기 성 베드로는 성자를 쳐다보지도 않고
죄인을 반갑게 맞아들였다.
이에 성자는 아주 기분이 상했다.
"응? 죄인이 환영을 받다니, 일이 이상하군!"
그는 성 베드로에게 따지고 들었다.
"이게 어찌 된 일이오?
나를 화나게 만들 작정이오?
모욕할 생각입니까?
무슨 까닭으로 나를 들여보내 주지 않는 겁니까?
죄인은 저토록 대환영으로 맞아주면서 말이오."
이에 성 베드로가 말하기를
"바로 그렇기 때문이라오.
당신은 기대를 하고 있어요.
그는 기대 같은 건 하지도 않고 있소.
그는 천국에 온 것을 그저 고마워하고 있을 뿐이지요.
그러나 당신은 그것을 스스로 얻은 것이라고 생각하겠지요.
저 사람은 하나님의 은혜를 겸허하게 느끼고 있어요.
하지만, 당신은 천국에 오게 된 것이
자기의 노력 때문이라고 생각하고 있습니다.
그것을 당신은 스스로 쌓은 '업적'이라고 믿고 있단 말입니다.
그런 업적 따위는, 모두 자만심에 지나지 않지요.
저 사람은 겸허하오.

그는 자기가 천국에 온 것조차도 믿지 않는다오.”

니체라는 비극적 철학자는
인간 존재의 내부에 지닐 수 있는
가장 민감한 감정을 표출한 사람들 중의 하나이다.
그는 말한다.
“하늘에 닿기를 바라는 나무는
땅속 가장 깊은 데까지 가지 않으면 안 된다.
그 뿌리는 깊게
바로 지옥에까지 가 닿지 않으면 안 된다.
그래야 비로소 그 가지가
그 봉우리가 천국에 닿게 되는 것이다.”
그 나무는 지옥과 천국의 양쪽에 닿지 않으면 안 된다.
높이와 깊이의 양쪽에—
그리고 같은 의미를 지닌 말은
사람의 실존에 대해서도 설명할 수 있다.
당신은 어떤 형태로든
당신의 실존의 비길 데 없이 깊은 중핵으로서
악마와 신을 숙명적으로 만나지 않으면 안 된다.
악마를 무서워하면 삶을 포기하는 것과 같다.
그렇지 않으면
당신의 신은 가난한 신으로 남을 것이다.

모든 곳에서 성스러운 것을 찾아내려는
탐색이다.

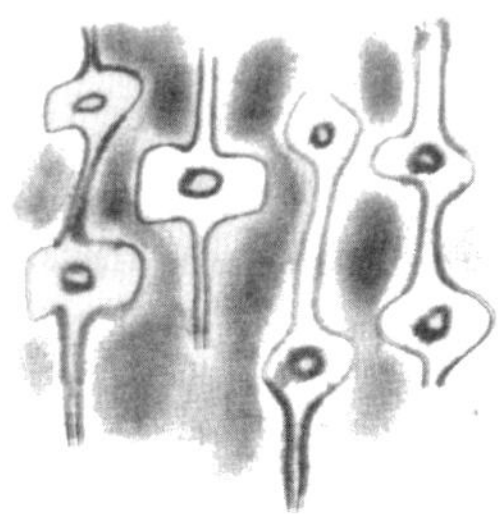

신이란 비어 있는 존재이고
악마는 생각으로 가득 차
있는 허상이다

신이 겨우 그의 ‘십계十戒’를 다 썼을 때
그는 땅 위의 모든 인종, 종족한테로 가서
자기의 이 계율을 갖고 싶은지,
어떤지를 물어보았다.
아라비아 사람들은 조심스럽게
“그것은 어떤 말을 의미하고 있습니까?”
하고 물었다.
“응!”
신은 말했다.
“그 가운데의 하나는
‘남의 물건을 훔치지 말라’고 말하고 있지.”
“그것참 재미가 없군요.”
아라비아 사람들은 대답했다.

"우리한테는 도저히 무리한 말인데요.
우리는 여행자들을 뜯어먹고 사는 형편이 되어서요."

신은 그다음에 프랑스인들에게
그 십계를 받지 않겠느냐고 물어보았다.
한데 그들도
그것은 어떤 일을 명하는지 알고 싶어했다.
신이 '간음해서는 안 된다'의 대목에 이르자
프랑스인들은 신의 말을 가로막으며
슬픈 듯이 고개를 저었다.
"우리는 이 십계
특히, 그 대목이
우리에게는 전혀 맞지 않는다고 생각됩니다."

신은 그의 십계를
다른 많은 사람들에게로 가져갔다.
그러나 그들 모두는
자기들의 남다른 사는 방식에 맞지 않는다고 하며
그것을 거절했다.
마지막에 이르러서는 될 대로 되라는 마음으로
유대인들을 찾아갔다.
모세가 물었다.

“그것의 값은 얼마입니까?”
신은 대답했다.
“이것은 공짜이다.”
“그거 참 좋군요.”
모세는 다시 말했다.
“그렇다면, 우리는 그것을 모두 받겠습니다.
뭣하면 두 벌이라도 받겠습니다.”
타산적
수학적
약삭빠름
지적知的
유대인은
세계 인구의 겨우 2퍼센트에 지나지 않는다.
그러나 그들은
노벨상의 18퍼센트를 받았다.
2퍼센트의 사람들이
18퍼센트의 노벨상을 받다니!

우리의 양심이라는 것은
삶의 최고 재판소이다.

종교란
모든 존재가 사원이고
삶 전체가 예배이어야 한다고 가르친다.

당신은 교회에 간다.
일요일은 종교적인 날
그리고 종교는 차츰차츰
단순히 일요일의 행사가 되어버린다.
일하는 6일 동안에는
종교에 관심도 갖지 않는다.
당신은 너무나 간사하다!
일요일은 휴일
‘성스러운 날’
일요일은 종교의 날

일하지 않을 때면
당신은 어렵지 않게 정직해질 수 있다.
햇빛 아래서 쉬고 있을 때만
당신은 어렵지 않게 정직해질 수 있다.
교회에서 설교를 듣고 있을 때면
당신은 어렵지 않게 정직해질 수 있다.
그것은 별것도 아니다.

아무런 문제도 없다.

노동하는 6일간

그것이 진짜 문제이다.

당신은 그 기간 동안 종교적으로 될 수 없다.

다시 말하면 이것은 속임수다.

일요일이라는 것은

종교를 회피하기 위한 트럭인 것이다.

당신들은 자기의 인생에 기밀실을 만들고 있다.

종교는 일요일에

당신들의 자리를 만들어 놓고 있다.

그리고 나서

당신은 6일 동안을

닥치는 대로 비종교적으로 되어도 상관이 없다.

힌두교에는 독특한 방식이 있다.

회교에도 독특한 방식이 있다.

크리스천도 독특한 방식을 갖고 있다.

어떻게 해서 종교를 회피하느냐

그리고 그런 사람들을

당신은 종교적이라고 부른다.

사실, 그들은 도피꾼이다.

그들은 사원에 가서 기도한다.
그들이 기도할 때
그 얼굴을 보라.
제일 선량하게 보인다.
그러나 일단 교회나 사원 밖을 나서면
그들은 이미 같은 얼굴이 아니다.
너무나 달라져 있다.

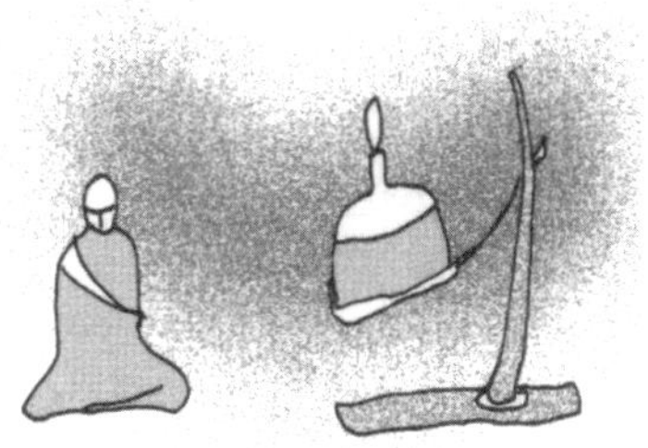

신앙의 오솔길

미래의 종교는 이해의 종교가 될 것이다.

미래의 종교는 우주의 모습을 생각할 때 느끼는 조용한 탐구적인 기쁨을 북돋우고, 우주 도처에서 발견되는 깊이와 높이를 탐구할 것이다.

미래의 종교는 이러한 지식을 인류와 관계를 갖게 할 것이다. 하나의 인류를 하나의 자연과 결합시킬 것이다.

모든 종교가 다 그러하듯이, 우리 인간에게는 유익한 것이다.

어느 종교를 통해서도 우리는 현자가 될 수 있으며, 모든 종교가 우리에게 수도의 뜻을 심어 준다.

종교의 신화神話에는 인류의 지식이 담겨져 있다.

신화는 우리 스스로가 신성시하지 않는다면, 그것은 허위가 된다. 신화는 그 하나하나가 세계의 중심으로 통하는 열쇠다.

인본주의人本主義적 이상이 종교적 이상보다
더 고귀하다고는 생각지 않는다.
또 어떤 종교가 다른 종교들보다
더 좋은 것이라고 여기지도 않는다.
나는 정신의 고귀성과 자유가 결여된 교회가 자만에 빠져서
다른 종교와 교회를 무시하는 것에 실망한다.

우리는 덧없는 존재이고 생성되어 가는 존재이다.
우리는 일종의 가능성일 뿐이고, 결코 완전한 존재가 아니다.
그러나 활동으로서의 능력과 실현에의 가능성에 대하여 외치는
곳에서, 우리는 진정한 존재에 이르고, 조금이라도 완전하고 신성
한 것에 유사해지는 것이다.
이것이 바로 자아실현인 것이다.
그러므로 자연으로부터 부여받은 능력으로 자아실현을 꾀함으
로써, 인간은 최고의 의미 깊은 일을 할 수 있는 존재이다.

완전한 종교적 교시를 기대하지 말고
자신의 완성을 꾀해야 한다.
신성神性이라는 것은 마음속에 있는 것이다.
악성惡性과 악한 일을 알면 그것과 부단히 싸워야 한다.
그렇지 않고서는 삶은 고양되지 않는다.
경건하다는 것은 믿을 수 있다는 것이다.

소박하고 건전하며 천진한 인간에게는 이것이 있다.

자기 자신을 부정하는 자는 신을 긍정할 수 없다.
신성에 이르는 길은 뒤로 나 있지 않고 안으로 뻗어 있다. 늑대나 어린아이로 돌아가는 것이 아니라 죄 속으로, 인간의 성숙됨으로 뻗어 있는 것이다.
믿음과 의심은 상응하면서 서로 보완 관계에 있는 것이다. 의심이 있는 곳에서 진실한 믿음이 꽃피는 것이다.

경건한 인간은 신화에 끌린다.
어떠한 종교에 속하느냐가 아니라, 신앙생활을 어떻게 하느냐가 중요하다고 하겠다. 자기의 종교와 신앙만이 옳다고 하는 것은 유치한 것이다.

인생은 무의미한 가운데도 의미를 지니고 있다. 그 유익한 의미를 오성悟性으로 파악할 수는 없다고 하겠지만, 자신을 희생하고서라도 이 유일한 의미에 봉사할 수 있는 신앙은, 오직 스스로가 체험할 수 있을 뿐이다.
이러한 체험을 할 수 없는 사람들은 잘 기획된 교회나, 매력적인 단체나, 이데올로기에서 그 의미를 찾고자 한다.
인생에는 의미가 있어야 한다고 한다. 그러나 인생엔 우리가 부여할 수 있는 꼭, 그만큼의 의미가 있을 뿐이다.

개인적으로는 그러한 일을 온전히 할 수 없으므로, 인간은 종교와 철학으로부터 의미 있는 위안을 구하고자 한다.

그 의미에의 길은 어디에서나 같다. 즉, 인생의 의미는 오로지 사랑의 길에 있다는 것이다. 우리가 서로 사랑하고 자신을 헌신할 수 있는 만큼, 우리 인생의 의미도 깊어지는 것이다.

인간성이 다양한 것을 찬미하고, 신앙의 형태가 다양한 것을 찬미하고 싶어 한다.

올바른 종교인은 자기들만의 종교와 신앙이 옳다고 하는 특정 종교의 교도가 아닌 것을 다행스럽게 생각한다.

인류가 한 개인이라면 순수한 한 종교[기독교]를 통하여, 모든 것을 다스릴 수 있을 것이지만, 인간사란 그렇지가 않은 것이다.

순수한 종교와 종교인들이란 소수의 사람들을 위한 것이고, 대다수의 대중은 신화와 마술을 필요로 하고 있는 것이다.

모든 교회와 성직자들이 그리스도 자신과도 같다면, 시인이란 이 세상에 필요 없는 존재가 될 것이다.

인간의 개개인이란, 일회적이고 특별한 지점이다.

세상의 다양한 현상이 서로 교차하는데, 오직 한 번씩 엇갈리는 진귀하고 중요한 지점이다. 따라서 개개인의 역사란 중요하고, 신성하고, 영원한 것이다.

그러므로 개개인이 살아가면서 자연의 의지를 실현시키는 한 그는 경이롭고 주의를 기울일 만한 가치가 있다.

인간 개개인에게 있어서 정신은 현상이 되고, 고뇌하게 되고, 그 속에서 구세주는 십자가에 못 박히는 것이다.

우리는 자신의 개성을 지나치게 좁게 구획 짓는다. 우리는 서로 다르며, 별나게 파악되는 것만을 개성으로 여긴다. 그러나 우리는 세계의 모든 요소로 구성되어 있다.

즉, 우리의 몸이 계통 발생적 계보를 지니고 있는 것과 마찬가지로 개개인은 과거의 영혼을 지니고 있다.

옛날에 존재했던 모든 신과 악마가 우리의 내면에 깃들어 있으며, 그것은 일종의 가능성으로 존재하고 있다.

경건함과 경외스러움을 최고의 덕으로 생각한다. 경건함은 이 세계의 모든 것과 자연과 인간만이 지니고 있고 있는 존경과 경외심과 서로 상응한다고 생각되어진다.

나 자신에게 절망한다고 할지라도 위치를 지키고, 외톨이가 되고 우스꽝스럽게 된다고 할지라도, 인생과 그 의미의 가능성에 대한 경외심을 결코 버리지 않을 것이다.

　양심의 가책은 종교적으로나 심리적으로 볼 때, 언제나 인간의 마음을 불안하게 한다. 그러나 그것은 생생하게 살아 있는 건전한 양심이 실존하고 있다는 확신이라 하겠다.

　우리의 양심이라는 것은 삶의 최고 재판소이다. 그러나 나는 양심이 신의 목소리라는 것은 의심한다. 다른 재판소, 즉 순수한 생활 본능이 양심과 대립된다는 것은 일종의 행복이다.

　종교와 신화는 한 편의 시처럼, 인간들이 그저 헛되게 합리적인 것으로 옮기려 하는 표현할 수 없는 것을, 어떤 이미지 속에 표현하고자 하는 시도라 하겠다.

　인습으로부터의 자유가 곧 내면의 자유는 아니다. 고귀한 인간들에게 확실한 신앙 없이 살아가는 삶이 쉬운 것이 아니라, 오히려 훨씬 더 어렵다.

　왜냐하면 자신의 삶을 통제할 다양한 구속을 스스로 창조하고 선택해야 하기 때문이다.

　생동하는 모든 인식이란 하나의 대상을 갖는다.

　그것은 수많은 인간에게 인식되고, 수많은 표현으로 수식되지만, 유일한 진리이다.

　그것은 우리 내면의 생명체, 즉 모두가 내면에 지니고 있는 신성과 마성에 대한 인식이다. 말하자면 가장 내면적인 지점으로부터 모든 대립성을 씻는 가능성에 대한 인식인 것이다.

이에 대하여 인도인은 '아트만'이라고 하고, 중국인은 '도道'라고 하며, 기독교인은 '은총'이라고 한다. 은총이나 도라고 하는 것이, 늘 우리를 감싸고 있다.

이것은 일종의 빛이며, 신 자체일 수도 있다.
신이란 모든 이미지와 다양성을 넘어 자신 속에 하나가 되어 있는 정신을 말한다.

종교는 양심의 재판소

이런 삶을 갖고 싶다.
세상에 알릴 이름 없이
조용히 생을 마감하고 싶다.
잠든 곳을 알리는 묘석도 없이.

나이가 중년에 접어든 그는 시골 태생으로서 직업은 법률가였습니다. 일을 열심히 하지 않은 탓으로 재산은 별로 모아놓은 것이 없었지만, 다른 일에 자기의 노력과 시간을 더 활용할 수가 있었습니다.

그는 여가를 이용하여 틈틈이 사회적인 여건에 관한 책을 한 권 집필하였습니다. 원고 수집을 위해 때로는 관직에 있는 저명한 인사를 만나야 했으며, 최근에 있었던 국토 개혁에 관심을 갖고 이 마을에서 저 마을을 두루 살펴보았습니다.

그러는 동안 사회적, 정치적인 개혁에 관한 자신의 견해를 피력할 때, 그의 눈빛은 빛났고 좌중의 사람들을 매료시켰습니다.

또 그의 목소리는 파도를 타듯 날카로웠고, 긴급한 어조로 흥분하고 있습니다. 그는 이렇듯 변모되는 자신의 모습을 전혀 의식하지 못했습니다. 말과 강조하는 것은 그에게는 아주 쉬운 일이었습니다. 강조하고자 하는 대로 자기의 의사를 표현할 수 있는 것 같았습니다.

그러나 사람들이 그의 거침 없는 설명과 극찬에 귀 기울이고 있을 때, 그는 자기의 위치를 깨닫고는 하던 말을 금세 멈추고 말았습니다. 자신에 대해 스스로 놀랐던 것입니다.

"제가 늘 정치나 사회적인 개혁을 이야기하다 보면, 나도 모르게 흥분하게 됩니다. 저 자신도 이 점을 어떻게 할 수가 없더군요. 그것은 저의 혈기이기도 합니다. 또한 우리들 세대 모두가 다 함께 느끼는 공통점입니다.

정치는 우리의 생명입니다. 우린 정치를 통해 이룰 수 있는 많은 사회적인 개혁의 필요를 느꼈습니다. 그것이 제가 정치에 제일 많은 시간을 바치게 된 이유 중의 하나입니다.

전 정치에 남다른 관심을 갖고 있습니다. 정치에는 술과 여자, 권모술수, 냉혹성 등등 그 밖에도 많은 것들이 복합되어 있습니다.

어떤 형태든 간에 흥분은 우리에게 살아있음을 느끼게 합니다. 종교에 관해서도 그와 같은 저의 생각이 잘못된 것이라고 믿으십니까?"

"당신은 어떻게 보십니까? 증오와 전쟁도 굉장한 흥분을 가져다 줍니다. 그렇죠?"

"전 정치를 가볍게 취급하고 있지 않습니다. 제게 있어서 정치는 아주 심각한 문제입니다. 때문에 모든 정치가 필요한 개혁을 이루는 데 있어 경이적인 도구가 된다고 생각하고 있습니다. 정치적인 행동은 아주 먼 미래가 아닌 결과를 생각한다는 데 생명이 있는 것입니다.

즉 정치엔 희망이 있다는 것입니다. 그런데 많은 종교인들은 정치적인 행동의 중요성을 깨닫지 못하고 있는 것 같습니다. 전 그 점이 대단히 유감스러운 일이라고 봅니다.

그 때문에 우리 지도자 중의 한 사람은 '정치는 반드시 정화되어야만 한다'라고 강조하고 있습니다.

선생님도 이 점엔 동의하시죠?"

"진정한 종교인이란 정치에 무관한 사람인 것입니다. 그런 사람에게는 오로지 행동만이 있을 따름입니다. 그 행동은 정치나 사회적인 것이라고 하는 조각난 행동이 아니라, 완전한 종교적인 행동을 말함이지요."

"선생님은 종교가 정치에 참여하는 것을 반대하십니까?"

"반대한다는 것은 단지 적대감만을 낳을 뿐입니다. 종교라는 것의 의미를 생각해 보도록 합시다. 그보다 먼저 정치라고 말씀하셨는데, 무슨 뜻인가요?"

"모든 법적인 절차입니다. 이를테면 재판, 국가의 복지를 위한 계획, 국민의 균등한 기회와 그 보장 등등인 것이지요. 이를 현명하게 다스림으로써 혼란을 피하고 전체의 기능을 집약해서 말하는 것입니다."

"확실한 것은 개혁이란 정부의 기능이기도 합니다. 개혁은 뒤에서 어떤 기호에 맞추는 것이긴 하나, 이른바 이상만을 앞세운, 또는 개인이나 단체의 힘을 배경으로 하면 안 되는 것이지요. 이렇게 되면 국가가 분열되기 때문입니다.

두 개의 정당 혹은 다수의 정당 제도나 개혁가들은 정부를 통해 일을 합니다. 왜 우리는 사회 개혁가들이 필요하다고 생각하시는 건가요?"

"그런 개혁가들 없이는 이미 이루어 놓은 것들조차 존속되지 못할 것입니다. 그런 사람들이 정부를 생성시키기 때문에 개혁가들이 필요한 것입니다. 보통 평범한 정치인들보다 그런 사람들이 더 큰 비전을 지녔으며, 자신들이 실례를 보이면서 필요한 개혁의 이행을 정부에게 강요하기도 합니다.

또한 시정을 수정하여 바로 잡기도 하구요. 탄원도 하나의 수단으로써 개혁가들이 택하고 있으며, 백성들의 요청을 정부가 이해하도록 설득시키는데 사용하고 있습니다."

"그것은 일종의 뒷거래가 아니겠습니까?"

"아마 그럴지도 모르겠습니다. 개혁을 생각하게 하고 그 필요성에 따라 이행시키게 한다는 것은 정부에 강요하는 힘입니다."

"때로 개혁가들도 실수를 저지를 수 있습니다. 가끔 그런 사람들이 정치에 참여하기도 합니다. 그것은 그 사람이 대중에게 영향력

을 행사할 수 있기 때문이며, 정부는 그런 이들의 요구를 관철하기
도 합니다.

그런 요구의 관철이 커다란 재난을 불러온 결과가 있는데도 말입
니다. 그런 사실이 최근에 나타나기도 했습니다. 여러 가지 개혁이
법적인 제재를 통해 한 개인의 필수적인 기능으로 되었고, 한편으
로는 지혜로운 정부의 통제 수단이기도 하였습니다.

왜 이런 정치적인 마음을 갖고 있는 성직자는 정부에 참여해서는
안 되며, 정당을 만들어서도 안 된다는 말입니까? 정치에 참여하고
싶은데도 그냥 계속 무과하게 있으라 말입니까? 전 그런 사람들이
종교로 정치를 정화하려 한다고 봅니다."

"그렇다면, 종교로 하여 정치가 정화될 수 있다고 봅니까? 정치
는 사회에 관심을 갖고 있는 통치입니다. 사회는 항상 어려움 속에
타락하고 있습니다. 인간의 내적인 관계가 사회를 구성하고 있으
며, 그 관계는 인간의 야망과 야심, 좌절과 시기를 바탕으로 하고
있습니다.

사회는 동정을 모릅니다. 동정이란 행동의 전부이며 개인의 내
적인 행동입니다. 정치가이자 종교인으로서의 개혁가들은 자신의
행위가 구원의 길이라고 확언하고 있는 것입니다. 그렇죠?"

"대부분이 그렇습니다. 하지만, 몇몇은 그렇지 못한 사람들도
있습니다."

"그들은 자신들이 만든 조건에 얽매여 있으며, 강력한 편견과
전통적인 이중성에 사로잡혀 있습니다. 또한 정치적인 지도자들은

추종자들과 함께 국가를 앞으로 밀고 나가면서 분열과 단편 된 파당을 조성하는 경향은 없는지요?”

“그런 위기는 우리가 반드시 제거하여야만 하지 않을까요? 단지 법적인 제재만으로도 통합을 가져올 수 있을까요?”

“물론 그렇지는 않습니다. 외관상의 통합이나 정치적, 사회적 제재에 따르는 외적인 순응은 있을 수 있겠으나, 인간의 통합은 아무리 빛나는 제도라 할지라도 법적인 제재로서는 이룰 수가 없습니다. 우정이나 동정은 정의 구현에 필요하지 않으며, 동정심이 따라갈 필요가 없었습니다.

이미 제가 말씀드렸듯이 성직자적인 정치인들을 정부에 가담시키면 안 되며, 저들의 정책을 이행할 수 있는 정당을 만들지 않으면 안 된다는 말입니까? 이런 자기기만에 빠져 있는 사람들을 정치적인 분야 외에 무엇에다 쓸 수 있겠습니까?”

“그런 사람들은 국회 밖에 있으면서도 의회에 속한 사람들보다도 더 큰 힘을 지니고 있습니다. 정치적, 사회적, 경제적 개혁은 분명히 필요한 것입니다. 하지만 더 큰 문제를 이해하지 않는 한, 바로 그다음의 문제란 민족의 화합이며 행동의 통일이 있지 않고서는 개혁은 더욱 큰 비극과 불행을 가져올 따름입니다. 보다 많은 개혁이 필요하게 되는 끝없는 사슬처럼 말입니다. 그 사슬을 국민들이 붙잡고 있기 때문입니다.”

“지도력이란 힘을 지니고 있으며, 영향을 미치고 있고, 인도할 수 있고, 지배할 수 있는 힘을 모두 포함하고 있다는 뜻입니다.

이런 지도자들은 권력을 추구하는 자들입니다. 어떤 형태의 권력이든 그것은 악이며, 재난에 이르게 됨을 피할 수가 없을 것입니다. 그런 혼란 속에서 국민들은 자기와 똑같은 혼란한 자를 지도자로 삼고 있습니다."

"그렇다면 선생님은 어째서 우리의 지도자들이 권력만을 추구하고 있다고 말씀하십니까? 그들은 아주 고매한 사람들로서 선한 사고와 함께 올바른 행위로 존경을 받고 있는 사람들입니다." 라고 그가 말하였습니다.

"존경을 받는다는 것은 획일적으로 계획된 것입니다. 그들은 관습을 따르며 지난 과제가 주는 권위와 책에서 얻는 체면을 유지하고 있을 뿐입니다. 그들이 의식적으로 권력을 구가하지 않는다고 하더라도, 많은 자료를 통해 권력을 인계받게 되고, 행위나 그 밖의 다른 것으로 권력을 쥐게 됩니다.

이런 권력이 그들을 획일적으로 몰고 갑니다. 그러는 사이 그들에게서 겸손은 멀리 가버리는 것입니다. 그들은 지도자로서 추종자들을 거느리고 있습니다.

타인을 따라다니는 사람, 비록 따르는 사람이 가장 위대한 성직자나 유명한 사람이든 간에 근본적으로는 비종교적 사람들인 것입니다."

"선생님이 의도하시는 말씀을 잘 알겠습니다. 그러면 선생님은 왜 이런 사람들이 권력을 추구한다고 보십니까?"

그는 아주 열성적으로 질문을 던졌습니다.

"당신은 왜 권력을 추구하십니까? 하나를 지배하고 나아가 수천을 지배하게 되면 굉장한 쾌락을 느끼게 됩니다. 그렇지 않습니까? 자기를 중요하게 느끼게 되는 쾌락이 마음에 자리 잡게 되지요. 권력을 쥔 사람만이 느낄 수 있는 최대의 감정입니다."

"그렇습니다. 저도 그 점은 잘 알고 있습니다. 저 역시 정치적 또는 법적인 문제를 조언하게 될 때, 권위를 내세우는 쾌락적인 감정을 느끼고 있습니다."

"왜 그런 흥분된 감정만을 추구하십니까?"

"그 점은 너무 자연스러워서 타고난 성품 탓인가 봅니다."

"그런 자신의 변명이 한 발자국 전진할 수 있는 질의를 가로막고 있다고는 생각하지 않습니까?

그와 같은 감정으로 당신이 아무리 만족해하고 희열에 차 있다고 할지라도 만족해서는 안 됩니다. 왜 지도자이기를 바라는지요? 자기 자신이 중요한 존재라는 느낌 때문에 그런가요?

만일 우리가 그런 것으로 인정받는 존재가 아니라면, 아무런 의미도 없습니다. 인정을 받는다는 것은 지도력을 이루고 있는 모든 것에서 한 부분을 차지하고 있을 따름인 것입니다.

지도자는 중요한 사람이라는 자부심만이 아니라, 추종자를 얻기도 합니다. 사회 운동에 참여한다는 확언과 추종자들의 인도를 받으며, 차츰 다른 사람으로 변모해 가는 것입니다. 정치인의 모습이란, 이런 것이 아닐까요?"

"제가 그런 사실을 감당한다는 것은 매우 두려운 일입니다."

"추종자가 있으므로 해서 지도자가 있는 것입니다. 자신의 공허와 불충분 때문에 재산이나 권력 지위를 얻고, 이념들로 충만함을 느끼며 채우려고 합니다.

우리들 마음은 그런 것들로 가득합니다. 채워야 한다는 마음으로부터 도피하려는 또 다른 마음, 무엇이 되고자 하는 불분명한 마음은 의식적이든, 그 반대이든 간에 자아의 덫에 붙잡혀 있는 것입니다.

이것이 자아, 곧 '나'라는 존재이며, 그런 실체가 어떤 이념이나 개혁, 분명한 행동을 함으로써 동일시되고 있는 존재인 것입니다.

이처럼 과정속에는 충족감이 있으며, 늘 좌절의 그림자도 함께 드리워져 있습니다.

이 같은 사실을 깊이 이해하지 않으면, 마음은 항상 충족하려는 유혹에 권력의 사악함이 도사리고 있는 것입니다."

"제가 속된 질문을 드려도 괜찮겠습니까? 선생님은 아주 젊었는데도, 어떻게 그와 같은 초연한 행동이 가능한가요?"

"사람에게는 모호한 감정이 있기는 하나 사물에 대한 통찰력이 있습니다. 그래서 인간은 결과를 생각하지 않고서도 옳은 방향으로 행동합니다.

이성적인 변명은 결과 후에 따르는 판단입니다. 자신의 행동이 옳다고 할 때 이성은 참되게 작용합니다. 그러나 다시금 또 다른 문제가 됩니다. 지금 우린 지도자와 추종자에 관해 이야기하고 있는 중입니다.

권력을 추구하거나 어떠한 형태든 간에 권력을 용납한다고 하는 것은 근본적으로 비종교적인 태도입니다. 절제와 자기 수련을 통해 권력을 추구한다고 할지라도, 그 사람은 종교의 무한한 의미를 깨닫지 못합니다."

"그렇다면 종교란 무엇입니까? 지금의 저로서는 정치란 정화될 수 없는 이해 집단임을 분명하게 깨닫고 있습니다만, 권력의 고유한 자리에 대해서는 커다란 의미를 갖고 있다고 생각합니다.

의미는 개혁의 세계까지 포함된 말이며, 꼭 필요한 혁명에 대해서만큼은 열성적인 사람입니다. 하지만 전 태어나면서부터 종교인이기를 갈망하고 있습니다. 그래서 지금 선생님께 종교의 의미를 알고자 하는 것입니다."

"그 의미는 타인에게 물어서 알 수 있는 문제가 아닙니다. 그러나 당신은 종교를 어떻게 보십니까?"

"저는 힌두교를 믿는 가정에서 성장하였고, 지금까지도 힌두교의 교리를 신앙으로 받아들이고 있습니다."

"그 점은 기독교인이나 불교도도 똑같습니다. 이슬람교도들도 그렇게 하고 있습니다. 모두가 자기들 나름대로 신앙과 교리를 세운 종교로서 인간들의 성장 과정에서 모든 것을 그대로 용납하며 절대적으로 숭배하고 있습니다. 용납이란 선택을 뜻하기도 합니다. 종교에 선택이란 것이 있다고 보십니까?"

"제가 종교를 받아들였다고 말씀드린 것은 종교의 가르침이 저에게는 이성적으로 부각되었다는 의미도 포함되어 있다는 말입니다. 그 점에 잘못된 것이라도 있나요?"

"이 문제가 옳고 그르다는 것이 아니라, 우리가 이야기하고 있는 내용을 어떻게 이해하느냐에 따라 삶의 방법이 달라집니다.

어려서부터 당신은 부모 또는 사회로부터 신앙과 교리라는 획일적인 생각에 영향을 받으며 자라왔습니다. 후에 그런 것에 반대를 보일 수 있어도, 이른바 종교라고 하는 신앙 안에서만 선택하였을 것입니다.

하지만 당신의 신앙심이 종교에 투철했든 안 했든 간에 완전한 존재로 향하고 싶은 욕망은 틀림없는 사실입니다. 이성은 안정되어 있으며, 그런 욕구가 당신의 선택을 좌우하고 있는 것입니다.

결국 이성이나 사고는 환경과 편견, 의식적이든 무의식적이든 두려움의 결과이기도 한 것이지요. 그것이 이성적인 사고로서 논리적인 판단이라고 하더라도, 자신의 마음을 초월한다는 것은 완전하게 침묵을 지키고 있을 때만이 가능한 것이기 때문입니다."

"그렇다면 선생님께서는 이성에 대해서도 반대를 하신단 말씀입니까?"

"무조건 반대를 한다는 것이 아니라, 이해에 따른 문제라는 것입니다. 우리가 문제를 효율적으로 사고할 수 있다고 하더라도 한계가 있기 마련이며, 이성은 감정을 넘어설 수가 없습니다.

사고는 자유롭지 못합니다. 사고가 모든 기억의 응답이며, 기억 없는 생각이란 존재하지 않기 때문입니다. 기억, 지식 등은 늘 지나간 과거에 뿌리를 내린 채 기계적인 성질만 지니고 있습니다. 모든 질의는 이성적이든 아니든 간에, 지식에서 출발됩니다.

즉 '있어 왔던 지식'이 바로 출발점인 것입니다. 생각이 자유로운 상태가 아니므로 더 깊이 사고할 수 없으며, 사고의 능력 범위는 지식과 경험이 경계를 이룬 울타리 속에서 주어진 조건의 제한을 받게 되는 것입니다.

모든 새로운 경험은 지난 과거에 관여를 받으므로, 그것이 관습이 되어 표현의 한계에 부딪히게 되는 것입니다. 그러므로 사고는 실체를 이해하는 방법이 아닙니다."

"인간이 자신의 마음을 쓰지 않는다면, 종교가 무엇인지 어떻게 알 수가 있단 말입니까?"

"마음을 사용한다는 그 과정, 분명하게 생각하고 비판적이며 올바른 추리를 한다는 것은, 혼자서 사고의 범위를 찾아다니고 있다는 확실한 자기 증거입니다.

인간적인 관계 속에서 응답하는 사고는 긍정적이든 부정적이든 간에 이익을 뒤쫓게 됨으로써 야심이라는 욕구가 생기게 마련입니다. 시기나 두려움, 또는 소유하려는 욕망이 반드시 있게 된다는 것이지요.

이러한 속박으로부터 마음이 벗어날 때, 비로소 자유롭게 되는 것입니다. 이런 구속에 대한 이해가 바로 자아 인식인 것입니다."

"선생님은 아직 종교가 어떤 것이라고 말씀하지 않으셨습니다. 제게 있어서 종교는 늘 신을 믿는 것이었습니다. 복잡하고 까다로운 교리와 의식, 전통과 개념은 늘 종교와 함께 동행하도록 강요하고 있었습니다."

"신앙은 실체에 이르는 방법이 아닙니다. 신앙이든 비신앙이든, 모두가 영향과 압력에 따른 문제들이며, 그런 영향과 내적인 강박과 욕구에서 벗어나 자유로워지려면, 지나간 과거로부터 속박을 받지 말아야 합니다.

그럴 때만이 제한을 받지 않는 해방감이 우리에게 찾아듭니다. 쉽게 이룰 수 있는 길이란 없습니다. 종교는 교리나 의식의 문제가 아닙니다. 또는 조직화 된 신앙의 체계화도 아닙니다. 오히려 조직화 된 신앙은 인간의 사랑과 다정함을 감소시키고 있습니다. 종교란 성스럽고, 동정심이 많고, 사랑에서 비롯된 느낌인 것입니다."

"사람은 혼자 있기를 두려워합니다. 그렇다면 종교적인 실체가 정말로 가능합니까?"

"당신이 종교적인 실체를 긴급하게 필요할 때, 바로 그 순간에

볼 수 있습니다. 당신 스스로가 그 실체를 보아야만 합니다. 상상적인 신앙과 교리는 아무 가치도 없는 것들입니다. 그런 것은 아주 해로운 것들이며, 인간을 이간시키는 악입니다.

문제는 우리의 마음이 질투로부터, 야심으로부터, 권력을 바라는 욕망에서 스스로 자유로워지는 데에 있습니다. 사랑하며 동정을 베풀고자 하는 것, 바로 그것이 진정한 마음에서 비롯된다는 것이 종교입니다."

"아주 깊은 곳에서 선생님의 말씀이 진리의 종을 울리게 하였습니다. 우리들 대부분은 표면적인 삶을 살고 있습니다. 우리는 늘 부족하며 주어진 영향에 지배를 받고 있습니다.

그런 영향이 우리로 하여금 진정한 자유로부터 도망케 하고 있습니다. 나 자신부터, 다시 시작해야 하겠습니다. 먼저 마음을 청결하게 하고, 다른 일을 개혁시키려는 생각을 멀리 치우는 것이 아니라, 그것을 넘어선 자신의 마음을 말끔하게 비워 놓아야 하겠습니다."

"그것이 바로 종교에 대한 준비된 신앙입니다. 그럼, 이제 이야기를 끝낼까요."

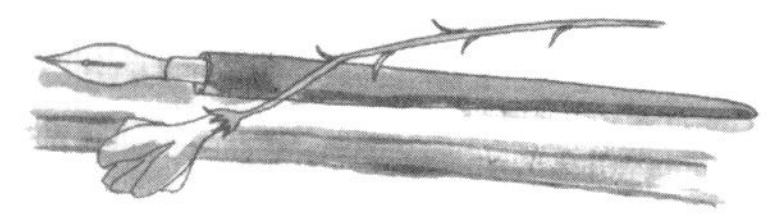

감사하며 헤어지자.
세상은 즐거움과 고뇌를 우리에게 주었다.
너무나 많은 사랑을 우리에게 주었다.

사랑하는 형제인 죽음이여!
너는 인연이 없고, 먼 곳에 있는 것 같지만
너는 싸늘한 별로 나의 고난 위에 떠 있다.